contents

私の心はおじさんである

著 嶋野夕陽
Ill. NAJI柳田

〈私の心はおじさんである〉

私はおじさんである。名を、山岸遥《やまぎしはるか》という。

兄弟姉妹の子供から見て、血縁的におじさんというわけではなく、シンプルに、ただのおっさんである。

四十代も半ばに差し掛かり、いわゆる中間管理職についている。ちょっとオタク気味なくたびれたおじさんである。

普通のレールに乗った人生を送り、仕事で忙しくしているうちに、ろくに恋愛もせず、もちろん結婚などできずにこの歳《とし》まで至ったおじさんだ。

世の若者たちに尊敬もされず、会社の偉い方々からは気力が足りぬと叱咤《しった》されながらも、けなげに社会の歯車を回し続ける、萎《しな》びたおじさんなのである。

こんなにも自らがおじさんであることを主張し続けているのには理由がある。本来ならばこんな悲しい事実を羅列する必要などないのだが、私にものっぴきならない事情があるのだ。

見下ろすと勝手に目に入る豊かな胸の盛り上がりを眺めながら、私は自らがおじさんであるということを、繰り返し我が身に言い聞かせるのであった。

我がことながら、一体何が起こっているのかさっぱりわからない。もう一度落ち着いて状況を整理する必要があるだろう。

今朝のことだ。

いつも通りであれば、賃貸の狭い我が家で、寝ぼけ眼をこすりつつ、痛む体にむちうって、ゆっくりと目を覚ますはずだった。

しかしどうしたことか、覚悟していた痛みが訪れることはなく、すんなりと体を起こすことができた。十代の頃、快眠した後には確かにこんな感覚で起き上がることができたような気もする。しかし、それは遥《はる》か遠い記憶で、この油の切れた体では決して味わえないものであるはずだった。

深く考える間もなく、今度は猛烈な体の違和感に襲われた。ほんの少し体を動かすだけで、いつもとバランスが違うことが、ハッキリとわかったのだ。

最近の運動不足のせいで、ポッコリと出始めたはずのお腹《なか》が軽く、胸のあたりが異様に重い。ゆっくりと立ち上がって、恐る恐る見下ろしてみれば、足元が見えずに、大きく膨らんだ胸だけが目に映った。女性の膨らんだそれの呼び名を、私は知らないわけではなかったが、言葉にするのは憚《はばか》られ、ただ空を仰いだ。

周りに目を向けると、そこは狭いながらも快適な我が家ではなかった。

先ほどから、チュンでもカーでもポッポーでもない鳥の鳴き声を捉えていた私の耳は、壊れてしまっていたわけではないらしい。

森の中のひんやりとした綺麗《きれい》な空気を胸いっぱいに吸い込んで、精神の安定をはかる。時折がさりと揺れる茂みや、嗅いだことのない花の香りが、私のノミの心臓をさらに刺激した。せっかく深呼吸したというのに、気持ちは全く落ち着かない。

バクバクという心臓の鼓動を感じながら、私はもう一つ確認しなければいけないことを思い出した。

首をまた下に向けて、ダルダルになったズボンのゴムを前に引き伸ばしてみる。

しっかりと確認せずともわかる。そこにはあるべきはずのものが存在しなかった。

これは緊急事態だ。大至急、捜索が必要かもしれない。


何度か現状を確認して、私はおじさんであると散々自分に言い聞かせてから、ようやく森の中を歩き出した。いつまでも、同じ場所にいるわけにはいかない。決断まで長く時間がかかるのは私の悪い癖だ。

藪《やぶ》をかき分けてしばらく進むと、突然視界が開けて、のどかな湖畔が姿を現した。

水に今の自分の姿が映るはずだ。駆け寄って、その姿を確認した私は、ごくりとつばを飲んだ。

なるほどどうして、絶世の美女である。

目元が少しきつめではある。しかし左右対称に配置されたパーツはバランスがよく、凛々《りり》しく整っているといって差し支えないだろう。銀糸のような美しい髪は腰まで長く伸びている。

日の光を浴びてキラキラと輝く長い銀色の髪を、私はそっと手に取って撫《な》でてみた。

これは自分の体の一部であるから、決してセクハラには当たらないのである。

手に取った端からさらりと零《こぼ》れ落ちていくような滑らかな感触。頭部の扱いに慎重になりはじめていた私の髪の毛とは思えない、すばらしい触り心地だった。

ほんの少しの間、感動に打ち震えていたのだが、はっと我に返って自分の姿の観察に戻る。

年の頃は二十歳前後。女性の年齢というのはわかりづらいものだが、成長期はもう終わっているように見える。肌艶がとてもよく、皺《しわ》の一つも見えないので、私と同年代ということはないだろう。

さらに特筆すべき点が一つある。

耳が尖《とが》っているのだ。

先端がシュッと長くなっている耳を持つその種族を、創作文化に馴染《なじ》んだ我々インドア派の人間は、親しみと憧れを込めてエルフと呼ぶ。

エルフだ。健康そうな褐色の肌をしているから、きっとダークエルフだ。きらめく銀の髪も相まって、その姿はいっそ神秘的でもあった。

中に自分が入っているという一点だけが残念であったが、昔から憧れを抱いてきたファンタジーなエルフの姿を見ることができて、気分が上がっていくのが自分でもわかった。

水鏡を覗《のぞ》き込んだまま、自分の興奮を抑えること数分。いくつかの疑問と不安がゆっくりと頭をもたげてくる。

なぜ知らない場所にいるのか。なぜこの体になっているのか。元の体はどうなってしまったのか。誰がこんなことをしたのか。言葉は通じるのか。そもそも人はいるのか。

次々湧いてくる疑問に答えてくれるものはいない。「死んでしまったので転生させました」と言ってくれる神様もいなければ、「この世界を救うために召喚した勇者よ」と拝んでくれる高貴な方もいない。

不安だった。

遠くから獣の声がする。心細い。

何か少しでも新たな情報をと思い、うろうろしながら辺りを見回していると、椅子のように加工された切り株と、焚火《たきび》の跡を見つけることができた。そこを起点に、よくよく観察してみれば、あちこちに人の手が入った痕跡が見られる。

どうやらここはまったくの秘境というわけではないようだ。ひとまずは朗報である。

この場所で生き残ることさえできれば、いつかはきっと人が訪れるのだ。あとはもう、訪れた人物が私のような異世界でくのぼうに対して、親切であることを祈るばかりだろう。願わくは、最初に出会う人が心に余裕のある人物であって欲しい。

誰かが用意した切り株に腰を下ろし、その辺で拾った木の棒で焚火の跡をかき回す。食べ残したものが残っていれば、それを参考にして、自分でも食料を確保したい。

果たして私の行動は、やたらに灰を散らかすだけに終わった。こんなことになるのだったら、サバイバルについて学んでおくべきだった。こういうのを後の祭りというのだろう。

とにかく食べるものが欲しい。

いつか人が来る可能性にかけてここで待機するのであれば、雨風を凌《しの》げる環境と、なにより食料が必要になってくる。

幸いぽかぽかと少し暑いくらいの陽気だ。日が落ちたからといって急激に冷えこむことはない気がする。

推測でしか物事を判断できないというのは、とてつもなく不安だ。四十代の精神をもってしても、思わず涙が出そうになる。私はいまにもポロリとこぼれ落ちそうになる涙を、上を向いて堪《こら》えた。そのうちに、ますます日本が恋しくなってきた。

今の容姿だったら涙も武器になりそうなものだが、おじさんの誇りを持ってさめざめと泣くことは我慢する。矜持《きょうじ》を失ってはならない。私の心はおじさんなのだ。

そうだ、楽しいことを考えよう。エルフがいるということは、きっとここはファンタジーな世界なのだ。ファンタジーの世界といえば、剣と魔法、そして冒険だろう。

魔法は、全てのファンタジー好きの憧れといっても過言ではない。幼い頃に何になりたかったかと尋ねられれば、魔法使いか正義の味方だった。

火の魔法とか、どうだろう。定番で、物語の最後まで役に立ってくれる実に勝手の良い魔法だ。試してみようかな。

誰もいない環境を前向きにとらえるのだ。多少はしゃいだところで、それを咎《とが》めるものは誰もいない。

実際のところ獣を避けるためにも、水を安全に飲むためにも、食事を取るためにも、火があったらとても便利なはずだ。人間は火と道具を扱うことで進化してきたのだ。そう、火の魔法が使えるか試してみる価値は、絶対にある。中二心からだけではない、これは必要な実験だ。

見苦しく自分に言い訳するのはやめて、私はピンと腕を伸ばして、灰をかき回していた棒の先を湖に向けた。

この棒はここにきてから私が最初に手に取った、杖《つえ》にも火搔《ひか》きにも重宝しそうないい感じの棒である。ブンと振っても折れる気配もないため、いざ野生の動物が現れたとき、頼りにしようと思っている。

「うん、では」

喉の調整をと思い、一言発して、私は上げた腕を下ろした。口元に手を当てて考える。自分の声に違和感を覚えたのだ。体が女性のものになっているから、当然声帯も女性のものになっていたらしい。しかしまあ、私好みの少し低い美声であったのは嬉《うれ》しい誤算だ。

どうやら私は目が覚めてから一度も言葉を発していなかったらしい。こんなにいい声をしているのなら、もう少しひとりごとでも言っておけばよかった。少しは気がまぎれたかもしれないのに。

あらためてマイフェイバリット棒を湖と水平に持ち上げる。それから少し考えて角度を下げ、棒の先が湖に向かうようにした。今から火の魔法を使おうというのに、切っ先を森に向けるのは良くない。生木は燃えにくいとはいえ、水に向かって放つ方が安心感はある。

想像するのは大きな火だ。

昔テレビで見た巨大なキャンプファイア。

目を閉じて自分のイメージを明確化する。燃え上がる、高く広がる、天を焦がすほどの勢いの、すさまじい炎。シンプルに言葉は一つ。

「……燃え上がれ」

直後、ジュッ、だか、ボッだか、表現し難い音がして、とてつもない量の水蒸気が立ち上った。想像した通りの、天を焦がすような炎が湖に立ち上る。綺麗だった湖はグツグツと煮立ち、魚が次々と浮き上がった。その光景はさながら地獄の釜のようだ。

やった、お魚が取れたよ、今日の晩御飯だ。

現実逃避をする頭の中でそんな声が響く。それどころではない。湖の水量をどんどん減らしていく炎に対して私ができることは、さっさと消えてくれるよう祈るだけだった。

湖に浮いた炎は段々と小さくなり、やがて最初からなかったかのように音もなく消える。ただ、辺りに広がる水蒸気と、ゆだってしまったあわれな魚が、炎が確かに存在したことを強く主張していた。

魔法だ。ファンタジーだ。素晴らしい。しかし私の手には余る力だった。

あの炎はいったい何をエネルギーにして生じたのだろう。まさか寿命とかではないといいのだけれど。

手をにぎにぎとしてみるが、体から何かが消えたような感覚はない。とすると、なおさら何を消費したのかが気になった。

水蒸気が少しずつ空へ上り、ゆっくりと広がり四散する。

座って考えよう。

そう思って振り返った瞬間、一人の男の姿が目に入った。口をあんぐりと開けたその男は、恐ろしいことに、その手に剣を構えていた。

〈最初の街〉

一、ファーストコンタクト

ラルフ＝ヴォーガンは、界隈《かいわい》では名のしれた冒険者だ。

魔法が使えず、身体強化も得意でないというのに、ソロで二級冒険者になるというのは、並大抵のことではない。下級冒険者の中には、その容姿で人に取り入っただけだと馬鹿にするものもいる。しかし、上級の冒険者ほど知っている。そんなことでなれるほど、二級冒険者の地位は軽いものではない。

ラルフは、戦闘に関しては一歩も二歩も同格の者に劣るが、それを補える能力があるからこその二級冒険者だ。弁が立ち、機転が利き、知識があり、勘が鋭く、準備を怠らない。生き残るための手段をいくつも用意している、頼りになる男だ。

容姿は全体的に整っており、肩まで伸ばした金髪と、少し垂れた優しそうな目が特徴だ。他の高位冒険者と違って、暴力的な雰囲気を感じさせることがないためか、女性からの人気も高い。

ラルフは自分のルーティンを大切にする冒険者だ。そのおかげで今の自分があると信じているし、ペースを他人につかまれることは命取りだと思っている。何かこだわりを持ち、日常に戻れるスイッチを持つことが、冒険者を長く続けるコツだ。

依頼をこなし、酒を飲み、女を抱く。そうしてから街を離れて、お気に入りの湖畔で数日間静かに過ごす。英気を養ってから、また自分を必要としてくれるパーティを探す。

つい先日も、ギルドからの依頼を一つこなしてきたところだ。一緒に冒険した仲間と酒を飲み、夜の街で女を抱いた。

今日はルーティンの最後のピースをはめるために、いつもの湖畔に鼻歌交じりにやってきたのだった。

半日ほど森を歩いてたどりつくその場所は美しく、ほとんど人の立ち寄らない秘境だった。緑豊かで、草食動物が平和に暮らしている。人もアンデッドも魔物もあまり寄り付かない清浄な地だ。もしかするとなにかしらの加護があるのかもしれないとラルフは思っていた。

しかし今日はいつもと少し違った。なぜだか胸がざわざわする。

こんなざわつきはいつだって何かの始まりを示唆していた。危険の察知や罠《わな》の感知を務めとするラルフは、自分の第六感を疑わない。

鼻歌をぴたりとやめて、そろりそろりと湖に向けて歩みを進める。

茂みからこっそりと湖畔を窺《うかが》うと、自分がいつも使っている焚火《たきび》の傍《そば》に人影が見えた。この場所を共用できそうなものならよし、そうでないなら何らかの対応をしなければいけない。

場違いな女性だ。最初はそう思った。

美しく、凛《りん》としたダークエルフの女性だった。

ダルッとした見たこともない服を身にまとい、ガサゴソと灰の中を漁《あさ》っている。肩を落とし、涙ぐんでいるのを見ても、表情が変わらないせいか、凛としたイメージに変わりはなかった。

ラルフの暮らす北方大陸には、エルフの森と呼ばれる地域があるのだが、彼らがそこから出てくることはほとんどない。その上そこにもダークエルフは住んでおらず、見かけるのは南方大陸の最南端でのみと聞いたことがあった。

まさかこんなところで出会うとは夢にも思わない。

彼女はふらっと立ち上がると、灰のついた長い棒を湖に向けた。何をするつもりなのだろうと身構えた次の瞬間、ラルフの全身に鳥肌が立った。吐き気を催すような魔素の奔流《ほんりゅう》が体の表面を吹き抜ける。もしこの魔法の行先が自分に向けられていたら、ラルフは迷うことなく全力で逃亡するだろう。

ラルフは魔法使いではなかったが、長年の経験で、魔素の流れをおぼろげながら感じられるようになっている。魔素が大きな動きを見せると、ぞわりと肌の表面を何かが撫《な》でて、鳥肌が立つのだ。これは能力面で他の冒険者に劣るラルフの、唯一のアドバンテージでもあった。

しかし彼女が一言何かつぶやくと、その圧力が霧散した。ラルフは腰に下げた剣に、そろりと手を伸ばし、音をたてぬよう慎重に引き抜いた。

魔法を発動させるためには呪文が必要だ。この美しいダークエルフが自分を害する者であるのなら、抵抗しなければならないと思った。いくら戦いが得意でないといえども、ラルフも二級冒険者だ。不意打ちをして魔法使いに負けるような素人ではない。この距離ならば、逃げるよりも、攻撃を仕掛ける方に勝算があると判断した。

　こっそりと茂みから出て一歩前へ歩き出すと、魔素の波が再びラルフを襲った。これまで経験した命のやり取りから、足を止めるのが愚策であるとわかっているのに、体が硬直したあげく震えはじめる。前に出た判断は間違っていた。わき目も振らずに逃げ出すのが正解だったのだ。

　相手を何とかしようと思った時点で、第六感がすでに狂ってしまっていたのかもしれない。いや、きっと魔素の嵐に狂わされていたのだ。

　強く握りしめた剣を、体と共にがたがた震わせながら、ラルフはその場に立ち尽くす。

　湖を、大気を、空を焦がした炎は、流動した魔素の割に大きなものではなかった。しかし魔素を肌で感じてしまうラルフにとって、その流動した魔素こそが恐怖の対象だった。

　ダークエルフの美女は、まるでラルフがそこにいることを最初からわかっていたかのように、ゆっくりと振り返る。その紅《あか》い双眸《そうぼう》にラルフの姿が映っても彼女の表情は何一つ変わらない。

　ラルフにとってその姿は、これまで見たことがないくらいに恐ろしいものだった。しかしそれと同時に、今まで見たどんなものより美しく、妖艶に、輝いて見えた。

二、その男は変態か紳士か

　日本で普通に暮らしていると、命のやり取りをする機会などまず訪れない。当然、包丁より長い刃物を持った人間を見る機会もない。

どうやって対処するのが正しいのか、学校では教わらなかった。でも恐らくなのだが、凶器を構え相手に対して強気の姿勢を見せるのは、危険だ。凶器を相手に向ける人の精神というのは、恐らく相当に追い詰められた状態である。

落ち着いて、冷静に、そう、焦った仕草を見せてはいけない。もちろん背中を見せて逃げ出すのも良くない。これは熊に出遭ったときの対応だったかもしれない。

冷静なふりをしているが、めちゃくちゃ怖いのだ。足が震えていないことを褒《ほ》めてほしい。剣ってあんなに長いのか。刺されたら絶対に死んでしまう。

何が怖いってこの二十代に見えるイケメンさん、なんか少し顔が赤いのだ。興奮しているのが一目でわかる。こうなってしまうと、人は話が通じなくなる。

この人は、きっとこの湖の管理人さんかなんかで、景観をぶっ壊した私に対してぶちぎれてしまって、怒りのままにぶち殺そうとしているのだ。だとしたら私が助かる道はない気がする。でもそれは良くない。

我々は獣ではないのだ、まずは対話、何においても交渉、暴力反対。ところで言葉は通じるのだろうか。

……殺されたくないので、一応魔法を放つ準備をしておく。さっきの火の魔法を発動させれば、逃げ出す時間くらいは稼げるはずだ。手を広げて、両手を相手の前に突き出す。棒も捨てて、戦う気はないよというアピールのつもりだ。人を害したいと思わないけれど、それで命を落としてしまっては仕方がない。両方が平和裏に分かれるための魔法の準備だ。

先ほどの手順を踏むのであれば、発動させるべき場所を意識して、魔法の姿をイメージ。それから「燃え上がれ」と口にすれば、魔法は発動されるはずだ。

青年から目を離さないようにしながら、タスクをこなしていく。すると突然彼の体がわずかに震えた。何をする気だと思い、じっくりとその姿を観察していて気がつく。彼の足元にじわりと水たまりが広がり始めていた。

私は彼の失態から目をそらす。凶器を持った人物から目をそらすのは勇気が要《い》ったが、顔を赤らめながらプルプルと震えて失禁する成人男性を直視するのは、もっと勇気が要った。相手のことを思うと、かわいそうで見ていられなかったともいう。

こんな人が日本の街中に現れたら連日ニュースで大騒ぎになるだろう。『イケメンの心に潜んだ闇に迫る』みたいな感じで。

この世界ではこうして挨拶するのが常識なのだとしたら、私は山奥に籠もって隠者になることも辞さない。

「……どこにも行きませんので、お着替えされたらいかがですか」

もう怒られるのは諦める。こちらが誠意をもって接すれば、命まではとられないはずだ。湖の原状回復に数年間努めることで、許してはもらえないだろうか。

額に手を当てて、目をそらして待っていると、足音が聞こえ、彼がゆっくりと動き出すのがわかった。これがもし、私に不意打ちを仕掛けるための作戦なのだとしたら、まさに奇才の発想だろう。まんまと策に乗ってしまったことになる。しかし、そんなプライドを捨てるような作戦を取らなくても、おじさん一人くらい簡単に殺すことはできるはずだ。それほど大層なものではないとお伝えしてあげたかった。

水音が聞こえてから数分間待つ。私が沸騰させた湖のお湯が役に立ったかもしれない。塞翁《さいおう》が馬というやつである。

彼は今の失態をなかったことにしたいのか、爽やかな声で「お待たせしました」と声をかけてきた。今度は剣をしまっており、清潔感のある服装で、適切な距離を保っている。そして何より言語が理解できることに、私は心の底からホッとしていた。

「失礼しました、美しい魔法使いの方。俺の名前はラルフ＝ヴォーガン。〈オランズ〉の街を拠点に活動する、二級冒険者です」

冒険者、そんな職業がある世界なのか。年甲斐《としがい》もなく、その響きにワクワクしてしまった。エルフの存在するファンタジーな世界観であるから、違和感なく受け入れることができた。

身分まで教えていただいたが、二級冒険者がどの程度のものなのかがわからない。主任です、とか代表取締役です、とか言ってくれるとわかりやすいのだけれど。身分証明として初対面で名乗るくらいなので、きっとそれなりにいい階級なのかもしれない。

目の前に立つラルフ青年は、粗相をしてしまったとはいえ、待ち望んだ人間である。剣を持って睨《にら》まれたことは水に流して、ここはぜひグッドコミュニケーションをもって、人里へ案内して貰うべきだろう。

自己紹介してもらったからには自分も返事をしなければならない。名乗ろうとしてふと考え込む。

私は誰なのだろうか。

意識としては間違いなく、山岸遥《やまぎしはるか》だ。四十三歳、未婚のサラリーマン。性別は男、関東の片田舎で生まれ、東京の大学で学び、そのまま就職した。つい最近まで、会社で日夜仕事に励んでいた。今頃出勤してこない私の扱いはどうなっているだろうか。無断欠勤をし続けるなら、当然クビになるだろう。そんなことよりも行方不明者として事件になってはいないだろうか。突然元の世界に戻ってしまったら、それはそれで困りそうだ。

あるいは私の体は眠っている最中に、心臓でも止まって死んでしまったのかもしれない。そう考えると、悲しい気持ちになる。誰かが早く私の死に気付いて、見つけてくれることを祈るばかりだ。長年貸していただいた物件を汚すのは気が引ける。

思考がそれてしまった。どちらにしても、ではこの体は誰なのかという話になる。魂が乗りうつったとも考えられるが、その可能性は低い。なぜなら私の服装が、家で休むときに着用している、ダルダルのジャージだったからだ。

ではやはり、私は山岸遥で間違いないのだろうか。言い淀《よど》んでいるうちに、ラルフ青年からフォローが入る。

「……ダークエルフは珍しいと聞きますから、名乗れない事情があるなら伺いませんよ」

実に気の使える青年だった。なぜ初対面のときに、その優しさを見せてくれなかったのか。もしこの感じで接してくれていれば、私はころっと信用して、お互いに嫌な思いをせずに済んだだろうに。

ただまあ、それについては、湖に魔法をぶっ放した私にも、責任が大きくあるので、言いっこなしにしよう。

しかしこれからお世話になろうという相手に、名無しの権兵衛で通すわけにはいかない。この体が私のものであると想定し、ひとまず名乗らせていただくことにする。

「ヤマギシと申します。魔法の試し撃ちをしておりました。景観を乱してしまったことを謝罪します。こちらはあなたの所有する土地でしたか？　必要でしたら原状回復に協力いたします」

名前を聞いたラルフ青年は、ピクリと眉を動かしたが、それだけだった。名前に対して思うところがあったのかもしれない。あるいは和名が聞きなれなかったのか。

「いいえ、ここは誰の土地でもありません。しいて言うのなら、【独立商業都市国家プレイヌ】の領地になるのでしょうか？」

知らぬ名前が出てきた。存外丁寧な対応に、また彼への好感度が少し上がる。やはり彼がお漏らししないような出会い方をしたかった。困ったことに、どんなにちゃんと対応してくれても、最初の印象が頭から離れないのだ。

私はこの世界の情報を一切持っていない。外見を鑑《かんが》みれば、あまりに無知であるのは不自然だ。すでに十分不審者ではあったけど、それを許容してもらえる理由が欲しい。

記憶喪失などとでも言い張ってみようか。

思いついてみれば、それしかないような気がしてくる。

「……私、どうも記憶が欠落しているようです。ここがどこで、自分が何をしていたのかもよく覚えていません。ご迷惑をおかけして申し訳ないのですが、できたら街に連れて行ってはいただけませんか？」

「記憶が欠落？　怪我《けが》とかはありませんか？　噂《うわさ》には聞いたことがありましたが、本当にそんなことが起こるのですね。構いません、ご案内しますよ。ついでにわからないことがあったらなんでも聞いて下さい、お答えしましょう」

「ありがとうございます。恩に着ます」

なんと素晴らしい好青年だろうか。やはり最初に剣を抜いて構えていたのは、私が警戒させるようなことをしたのが悪かったのだ。誠実に接すれば、相手もそれに応えてくれる。

事態が穏やかに進み始めたことに、私はほっと胸をなでおろした。

三、知識の整理

日が傾くくらいの時間に、ようやく街につくことができた。歩きなれない森の道に私が苦戦したせいで、余計に時間を取らせてしまった気がして、申し訳なかった。

私は普段から運動をする方ではなかったので、元の体であったら、間違いなく途中でへばっていた。しかしこの若い女性の体は疲れ知らずで、本当に助かった。案内してもらっておいて休ませてくれなんて言い出しづらい。

ラルフ青年は、街につくやいなや、最初に靴を買ってくれた。裸足《はだし》で歩くのにも慣れてきたところだったのだが、街を歩くのには流石《さすが》にみすぼらしいと思ったのだろう。

彼が用意してくれたのは、それだけではなかった。なんと今日の宿まで用意してくれた。ちなみに一人部屋で、彼はここに泊まっていないらしい。一体いくら支払ったのか、果たして私にそれを返すことができるのか。一方的に与えられ続けるのも、それはそれで不安である。

ベッドに腰を下ろし、手帳を広げ、筆記用具を手に取る。今日ラルフ青年から教えてもらったことを、忘れないうちにメモしておこうと思ったのだ。これらももちろん彼に用意してもらったものだ。胃が痛くなりそうな予感がするので、恐らく私はひもには向いていない。

まずは今いるこの場所。北方大陸のやや南に位置する、【独立商業都市国家プレイヌ】という国の〈オランズ〉という都市らしい。宿に来るまでの通りは、活気があり市場の呼び声には勢いがあった。さながら日本の祭りの屋台や、商店街の活気を見ているようで、とても楽しかった。

日本では、スーパーやデパートが増えて、昔ながらの商店街がずいぶん減ってしまったから、こういった光景はなんだか懐かしい。

【プレイヌ】は商人組合と、冒険者ギルドのお歴々による合議で成り立つ国なのだそうだ。そのため、この辺りの国では一番自由があり、何より実力が重視されるという。

少し西へ行くと、【神聖国レジオン】という宗教国家があるらしい。右も左もわからない状態でそちらに向かわなくて幸いだった。宗教というのは厳しい決まりごとがあることが多いから、思わぬ行動が命取りになりかねない。

さらに北には巨大な【ディセント王国】、南には軍事力の高い【ドットハルト公国】がある。細かい話はいずれ本でも読んで学んでみるつもりでいた。

さて、私はこの国で生計を立てていかねばならないのだが、そのためには仕事が必要になる。なんとこの世界には、身分関係なく、登録するだけでなれる職業があるのだ。その名もずばり、冒険者である。魔法が使えるのなら、食いっぱぐれることはないだろうというのが、ラルフ青年の見解である。

どうやら私は目立つ容姿をしているらしく、変な輩《やから》に目をつけられては大変だとも言っていた。冒険者になって、仕事をこなし庇護者《ひごしゃ》を早く見つける。あるいは、魔法を積極的に使用して、実力を他者に示した方がいいらしい。

無秩序のアングラな世界で生きていける自信がない無戸籍の私は、冒険者ギルドへの案内を彼にお願いした。嫌な顔一つせずに受け入れてくれた彼は、明日の朝に迎えに来てくれるらしい。

感謝の気持ちとして、ラルフ青年が去って行った方向に手を合わせて拝んでおく。

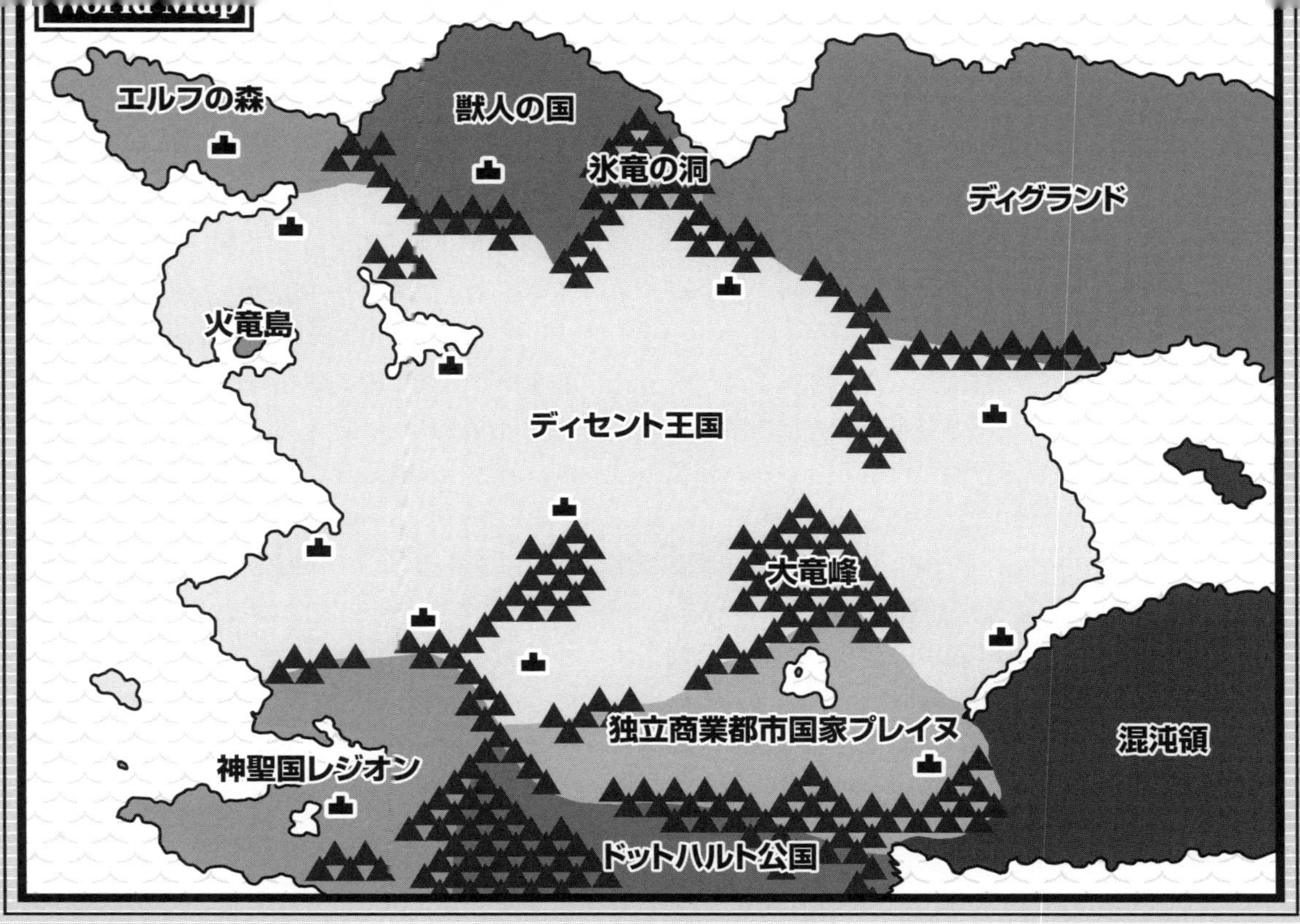
World Map
エルフの森
獣人の国
氷竜の洞
ディグランド
火竜島
ディセント王国
大竜峰
独立商業都市国家プレイヌ
混沌領
神聖国レジオン
ドットハルト公国

ところで冒険者というのは、十級からはじまり、一級が一番強い、というわけではなく、さらにその上に特級という化け物じみた人たちがいるらしい。一級冒険者の時点で、街や国を左右するレベルの冒険者だそうだから、特級なんて言うのは、もう想像もつかない。

一人で国の軍隊を滅ぼしたとか、ドラゴンを退治したとか、王様を殺して首を挿《す》げ替えたとか、ろくでもない伝説を持った方々らしいから、関わらないのが吉である。

そんな触らぬ神に祟《たた》りなしみたいな方々に、名前と特権を与え、細い手綱をつけておこう、というのが特級冒険者という階級の正体なのだそうだ。つまり、冒険者として目指す一番上は、実質一級冒険者なのだろう。

幾人かの特級冒険者の名前と二つ名なるものを教えてもらったので、忘れないようにメモを残しておく。そんな名前を耳にすることがあれば、さっと何も聞かなかったことにして家に籠もることにしようと心に決めた。この名前にピンときたらというやつだ。扱いは指名手配犯とそう変わらない。

魔法についてもいくつか教わった。彼は魔法を使うことはできないそうだ。使うのにも向き不向きがあるらしい。

せっかく異世界にきて、魔法があるのに使えないとなったらがっかりだ。私はどうやら才能がありそうなので、その話を聞いてこっそりと喜んだ。使えないラルフ青年には申し訳ないので、あくまでこっそりだ。

彼は魔法を使えない割には、色々と詳しかった。魔法使いと争いになることもありえるので、普段からよくよく知識を蓄えているらしい。

魔法とは世界中に満ちている魔素を操作して、何かしらの現象を起こすこと全般を指すそうだ。確実にこうだとわかっていることは少ないらしく、属性分けをしたものの、人によってどの属性が得意といったことはないらしい。ただ、一般的な魔法には、一つ一つ名前が付けられており、詠唱ののち、その名を告げながら魔法を発動させるのだそうだ。

実にわかりやすい説明だ。大変結構である。

しかし、だとするならば、私が先ほど発動させていたものはいったい何なのかという話になる。詠唱はしていない、名前も言っていない。だからこそラルフ青年は、知らない魔法を使う私のことを大層な魔法使いと思ったのだろうし、こうして親切にしてくれているのかもしれない。

よくわからないうちは、魔法を使用する前に、ごにょごにょと人に聞こえないくらいの声量で、詠唱をするふりでもしておこうと決めた。

手帳にわかったことを書き連ねながらふと思う。こんな風にどん欲に知識を欲したのはいつぶりだろうか。生活を成り立たせねばと、追い詰められて頑張ったのは、いつぶりだろうか。

私は社会に出て独身貴族となりもう長い。気づけば、強く何かを求めることも、欲しいもののために努力することも、長らく放棄していた。ただなんとなく食べたいものを食し、与えられる娯楽に時間を飲み込まれて生きてきた。

元の世界への執着なんて、ほとんど存在しないことに気づき、ため息をついた。突然別の世界に、別の体で放り出されてしまったのに、大して取り乱さないのもそのせいかもしれない。

一度それを意識してしまうと、今までの人生がなんだか随分とちっぽけな気がして、妙に悲しい気持ちになった。

四、慣れない

あの後、今更どうしようもないことばかりをつらつらと考えて、気づいたら眠りこけていた。一晩眠ったらすっきりとしており、あのダウナーな気分は、精神の疲れによるものだったのではないかとも思えた。

眠っていたベッドは、木製だった。削ってはめ込んで作られている部分が多く、金属はあまり使われていない、工芸品のような見事なものだった。その上には恐らく乾いた植物か何かを布でくるんだ敷布団が載せられている。

敷布団は、時折肌にチクチクと繊維がささるようで、初めのうちは気になった。しかし、しばらく寝転んでいると、自重でそれもやがて落ち着いてくる。慣れてみれば存外快適なベッドだった。

包み隠さず言えば、十年以上新しくしていなかった私の煎餅布団より、よっぽど快適だった。慣れていて気にもとめていなかったが、あれはもはや床に寝ているのと変わらない。今思えば、あの布団こそが、毎朝起きるのが辛《つら》かった原因である気がした。

私は自分のためにお金を使うということが妙に苦手なのだ。仕事に着ていくスーツばかりは見栄えもあるのを選び定期的に購入していたが、私服なんてひどいものだ。

今着ているこのジャージとフンニングシャツにパンツだって、割と限界に近い。ジャージのゴムはダルダルになっていて、もはや役目をはたしていない。紐《ひも》をしっかり縛っておかないと簡単にずり落ちてくる。

昨日森の中を歩いていたときに、一度パンツごとずり落ちて焦ったものである。この体になってからはウエストも随分と細くなっているようだ。

体を伸ばして窓に目を向けると、ガラスが曇っていてよく見えない。それでも差し込む朝日は強く、少し暑いくらいだった。窓を開けて風を取り込もうかと思ったが、どうやらはめ殺しで開けられなくなっているようなので、すぐに諦めた。

ベッドから立ち上がると、掛布団代わりにしていたジャージの上着が床に落ちる。しゃがんで拾い上げたときに体の軋《きし》みがなく、また体の若さを感じた。

宿では朝食が出ると聞いた。ロビーで食べるか、部屋で食べるか選ぶのだが、どちらにしても一度階下に行く必要がある。ラルフ青年が迎えに来る前に、早く済ませてしまおう。

あくびをしながら階段を下りていくと、すでにロビーにはたくさんの人がいて、朝食をとっていた。宿の厨房《ちゅうぼう》についた小窓に声をかけて、食事が出てくるまでの間、ロビーの様子を観察する。

通りを歩いていた人々と比べると、整った衣服を着ている人が多いように見える。皆、一瞬私の方を見て目をそらしたり、二度見してきたりするため、どうも居心地が悪い。どうやらダークエルフという種族はよほど珍しい存在であるようだ。

じろじろ見られていたわけではないのだが、皆さんのお食事の邪魔はしてしまいそうだ。場を乱すのは本意でないので、私はすごすごと部屋の中に引っ込んだ。

持って帰ってきた朝食は、ライ麦の香りが強い黒パンと、具だくさんのスープだった。ふわふわの食パンを食べ慣れた私にとって、黒パンは硬くて、癖が強い。しかしスープに浸しながらのんびり食べていると、段々と慣れてくる。これはこれで嫌いではない。

普段朝食をとらない私にとっては、量も質も十分すぎるくらいだった。

スープの最後の一口を飲み干して、ほっと息を吐いた。いつも一人で食事をするせいか、いただきますもごちそうさまもなかったが、食べ終わってなんとなく両手を合わせた。

少しお腹《なか》を休めようとベッドに座った直後、部屋の扉がノックされる。この世界で私に用事がある人物と言えば、ラルフ青年くらいのものだ。思ったよりも来るのが早かった。いや、もしかしたら私が起きるのが遅かったのかもしれない。着の身着のままこの世界に放り出されたものだから、腕時計の一つもつけていやしない。

街では、たまにどこからか鐘の音が聞こえてくる。おそらくこれが時刻を知らせてくれているのだが、システムを理解していないので、今のところ役には立っていない。

彼を迎え入れるついでに、空になった食器を片付けることにする。片手におぼん、片手でドアノブを握り、扉の外へ話しかける。

「今開けます」

外開きの扉をゆっくりと開けると、顔を出す前に挨拶をされた。まるで会社の新人君のような張り切りように心が少し和む。

「おはようございます。準備はできて……」

廊下へ出ると、彼の言葉が途中で止まってしまう。何か変なことでもあっただろうか。

「おはようございます。これを返したら外へ行けますが……。どうかされましたか？」

「いえ、それは私が返します。あと……、上着を羽織った方がいいと思います」

私の手からさっとおぼんを奪い取ったラルフ青年は、早足で階段の下へと消えていった。彼の言葉の意図に気付いた私は、静かに音を立てないように扉を閉めて、部屋に戻ってジャージを羽織った。

チャックを一番上まで上げて、失敗したなと首を振る。

この体でダルダルのランニングシャツ一枚しか身に着けずにうろつくのは、立派な痴女行為だ。みんなはダークエルフが珍しくて私を二度見していたのではない。あの紳士然としたおじさんも、立派な戦士っぽい人も、美しい青髪のお嬢さんも、私の格好を見て目をそらしたり、二度見したりしていたのだった。

特にお嬢さんに関しては、二度見のあとずーっと私の方を見つめていた。変な子だなと思っていたが、あれは私を通報しようとしていたのかもしれない。

ついポストまで新聞を取りに行く感覚で人前に出てしまったのが間違いだった。今後はしないようにしよう。

五、街の様子

外はよく晴れており、麦わら帽子でも欲しくなるような陽気だった。長袖のジャージでうろつくには少々暑くなりそうだが、脱ぐと痴女になってしまうので仕方がない。おじさんの体のままであれば、ランニングシャツ一枚でも許されるのに。元に戻らないだろうか。

街には、いわゆるファンタジー世界ではお馴染《なじみ》の、中世っぽい格好をしている人が多く、私の姿は明らかに浮いていた。

痴女状態でなくても、やはりある程度の注目は集めるようだ。周囲の視線が気になる。これが変な服装をしているからなのか、見た目や種族のせいなのかは、私にはわからない。生活していくにつれて、いずれは理解できるのかもしれない。

街を歩いていると、人々の生活水準が一定ではないことが、なんとなくわかる。明らかに身なりが整っている人もいれば、今日の生活もままならなそうな人もいる。

果たして自分はまともな生活を送ることができるのだろうか。実力だけで生きていくとして、いったい何ができるというのか。路地裏でぼんやりと地面に座っているだけの人に、明日の我が身を重ねて不安になる。

そんな私の心模様など知るよしもなく、子供たちが元気に走り回っていた。思春期前は、仲間たちと、ただその辺を走り回っているだけで、楽しいのかもしれない。今はおぼろげな記憶しかなく、自分にもあったはずの若かりし頃に思いをはせる。私もあんなふうに遊んでいたのだろうか。

その頃に戻って無邪気に駆け回りたいと思うには精神がおじさんになりすぎた。しかし彼らの現状を微笑《ほほえ》ましく見送るくらいにはまだ若い。いや、これは逆に、年を取ったからこそ覚える感傷なのかもしれない。

少年たちが私の方に向かって走ってくる。このままではぶつかってしまう。気を使わせるのも悪いと、半歩ばかり横にずれて、道を空けてやった。

子供たちが、ダブついたジャージをこするようにして通り過ぎていくのを、振り返って見送る。何かに夢中になると、周りのことがあまり見えなくなるものだ。誰かにぶつかったりして怒られないといいのだけれど。

そんなことを考えていると、そのうち一人の腕をラルフ青年が乱暴に捕まえた。何か気に障ることでもしてしまったのだろうか。彼の私に対する態度を鑑みるに、それほど暴力的な人ではないと思っていたのだけれど。

お漏らしを忘れるついでに、同じカテゴリとしてしまっていた記憶によれば、彼は初対面で私に対して刃物を向けていた。だとすれば、突然ぶちぎれて、子供に襲い掛かってもおかしくはない。冒険者って、この世界におけるヤンキーとか、その筋の人ポジションなのだろうか。だとしたらやばい人に借りを作っているかもしれない。

私が、『これこれ青年よ、許してやりなさい』と声をかける勇気を奮い立たせようとしていると、彼は意外と落ち着いた口調で少年に語り掛けた。

「それを彼女に返すんだ」

「くそ！　いらねぇよ、こんなもん！」

そうしてバシッと、私に向けて何かが投げられる。思わず受け取ってしまった。その手に収まっているのは、手の平よりも一回り大きな、黒い革で装丁された手帳だった。ぱらっとめくってみると、昨日の夜に私が書いた文字が確認できる。

少年は乱暴にラルフ青年の拘束を解いて、そのまま雑踏へとまぎれ消えてしまう。

「捕まえておいた方がよかったですか？」

「……いいえ、取り返していただき、ありがとうございました」

申し訳ない気持ちと、精一杯の感謝の気持ちを込めてラルフ青年に頭を下げる。表情を出すのが得意ではない私の、できうる限りの申し訳ないフェイスなのだが、伝わっているだろうか。若い新入社員に優しく教えているつもりが、勘違いされて泣き出されてしまうこともあったので心配だ。

何が無邪気に走り回る少年だろうか。何が私の心模様を知らずにか。誰がヤンキーで、筋者で、ヤバいやつだというのだ。

ヤバい間抜けはここにいる私のことである。

「その手帳が革張りされているので、財布に見えたのでしょう。ポケットは便利でしょうけれど、スられやすいので気を付けた方がいいですよ」

今後はそうさせていただきます。いただいたものを早々にスられるような世間知らずのおじさんですみません。

恥ずかしさと情けなさを感じ、子供の去っていった方を見ながら質問をする。

「あれくらいの……、子供でも、スリをするのは普通のことなのですか？」

「そうですね、子供は女性を狙います。何かあっても見逃してくれる可能性が高いので。スリは、街外れに暮らす子たちの貴重な収入源です」

意外なほど細かな事情まで教えてくれた。今はこんな優男《やさおとこ》のような見た目で、身なりも整っているが、彼も恵まれた境遇で生きてきたわけではないのかもしれない。

「少し懲《こ》らしめてやった方がよかったかもしれません。あの実力でスリを続けていたら、そのうち腕を落とされるか、下手をすれば殺されてしまうかもしれない」

物騒な世界だ。人に関わらずに雑踏だけ眺めている分には、平和なファンタジーなのに。一歩路地裏に入れば、厳しい社会が垣間《かいまみ》見える。現実感のない転移や、性別の転換という事態にあったせいで、どこか画面越しに見ているような気分だった。

たまにやっていたテレビゲームとは違うのだ。目に入る人、みんなが生きている。

冒険者という職業が成り立っている以上、巷《ちまた》には私の想像もつかない様な危険が蔓延《はびこ》っているのだろう。安全に、普通に暮らすということの難易度もきっと高いはずだ。その証拠にさっきの少年たちは、あの年齢ですでに厳しい社会の中に放り出されている。

ボケッとしていると、あっという間にこの世界に食い殺されてしまいそうだ。本当に気を付けないと。

街を歩いていると、私のことを「美人なねーちゃん」と呼称する人々がいたが、残念ながら中身はおじさんだ。見た目に騙《だま》されてはいけない。一方、ラルフ青年はあちこちから声をかけられる。私、つまり女性を連れていることを冒険者らしき人物からからかわれたり、他の女性から桃色の声で語り掛けられたり。そのことから、恐らく彼が大層おモテになるらしいことがわかる。

穏やかな語り口調に、優しそうな顔立ちをしているから、さもありなんといったところだ。嫉妬するつもりはないけれど、私は心の中で呟《つぶや》いてみる。

『彼、昨日お漏らしをしたんですよ』

虚《むな》しくなったし、自分が嫌いになりそうだったのですぐにやめた。親切にしてもらっている相手に対して、あまりにも失礼だ。その件について触れないというのは、男と男の約束だったはずだ。私が勝手に心の中でした約束ではあるのだが。

横に大きく延びる建物の前まできて、ラルフ青年は足を止めた。

「ここが〈オランズ〉の冒険者ギルドです。中に入って手続きをしてしまいましょう」

私は足を止めて、ラルフ青年の背中を見つめる。手続きが済んでしまう前に、彼に尋ねてみたいことがあった。

「……待ってください。失礼な話なのですが、あなたはどうしてこんなに親切にしてくれるのでしょうか？　金銭的なものはいつか必ず色を付けてお返しするつもりです。しかし、こんなに親切にしてもらえるほど、私に何かがあるとは思えません」

「それは……うーん」

ラルフ青年は建物に入るのをやめて、すぐそばにあるベンチへ向かう。「あー」とか「うーん」とか言っているところを見ると、もしかしたら本当にただ親切にしてくれていただけなのかもしれない。ベンチに腰を下ろした彼は隣に座るよう勧めてきたが、私は首を振ってそれを拒否する。自分でもはっきりとわからないが、話はこのまま立って聞いている方がいい気がした。

「俺ってそんなに戦うのはうまくないんですよ。入念な準備と直感で生き残ってきたタイプ。で、その直感がヤマギシさんとの縁は大事にしろって言ってる気がするんですよね。これでは納得できませんかね？」

無理やりひねり出したような言葉に聞こえた。世話になっている以上、言いたくないことを無理やり話させるのは良くないとは思う。しかし、ずるずると世話になっていると、そのうち彼の言うことに逆らえなくなる気がして怖かった。

それこそ私の直感が、ここでしっかり話をしておけと言っている気がする。黙って次の言葉を待っていると、ラルフ青年がため息をついて、小さな声で話し始めた。

「最初に会ったとき、ヤマギシさんの魔素にあてられて、俺、やっちゃったじゃないですか」

やっちゃったというのは、漏らしちゃったということだろうか。言葉を濁すあたり、やってしまった感覚はあるのだろう。よかった、人の前で漏らすことに快楽を感じるタイプの方ではなかったようだ。その疑いを晴らせただけでも、この質疑には十分な収穫があったといえる。彼との間にあった壁を、一枚破ることができた。

「でも、それ以上に、魔法を使ってるヤマギシさんがめっちゃ綺麗《きれい》に見えたんですよ。ま、一目惚《ひとめぼ》れみたいなもんです」

ぞわぞわと腕に鳥肌が立ち、背中に怖気《おぞけ》がシャトルランする。

想像してみてほしい。四十も半ばに差し掛かろうというおじさんに、二十代のイケメンがこんなことを言っている光景を。他人事《ひとごと》なら、そういうのもあるのかと、流すこともできたのだが、いざ自分の立場になると難しい。こんな見た目になっても、私の心はおじさんなのである。

それでも彼は私に親切にしてくれた。好意は好意である。それがどんな思いに起因するものであっても、受けた恩は嘘《うそ》ではない。

「だから、点数稼ぎです。いつかヤマギシさんに、かっこいいやつって思ってもらえるように」

「期待はしないでください」

言葉は選んだ。期待を持たせてはいけないいし、傷つけたくもなかった。そもそも私は十代半ばから恋愛とはかけ離れた牛活を送ってきたのだ。今更惚れた腫《は》れたの話をするには、歳《とし》を取りすぎている。

ラルフ青年は、随分と女性にモテるようであるから、私なんかのことを気にせずに、健全な恋愛に励むべきである。

「……いやいや、マジで、俺が勝手にやってるだけなんで、ヤマギシさんは気にしないでください」

幾分かしょんぼりした様子を見せながらも、彼はめげずに答えてくれた。私だったら多分しばらくは立ち直れないだろうに、立派だと思う。

しかしどうだろう。まさかこの体になったことで、こんな弊害があるとは思わなかった。これまでの人生で世の美形の方々を羨んだこともあったのだが、今後は少し考えが変わりそうな気がした。

〈冒険者ギルド〉

一、受付

冒険者ギルドにはたくさんの人が集まっている。

冒険者、依頼者、ギルド職員。食堂、消耗品を売る店、冒険者向けの格安の宿まで併設されているものだから、とにかくにぎやかだ。建物は横長で、裏に回れば広い訓練場も用意されている。

もっともこれは、〈オランズ〉が大きな商業都市であり、この国が冒険者の活動に力を入れているおかげである。都市の規模や国の政策によって、施設の数は足したり引いたりされるのだ。

冒険者の資格というのは存在しない。

犯罪歴などは、判明した時点で処罰の対象となるのだが、登録の段階で精査はしない。指名手配されているような大物であれば話は別だが、わざわざ調べるコストがもったいないからだ。

名前と年齢を書いて、それからわずかな登録料さえ支払えば、晴れて冒険者の仲間入りだ。

ここで支払うお金というのは冒険者の証明書代わりになる、ドッグタグの作成料金程度のものであって、食事を数度我慢すれば貯《た》まるくらいだ。

冒険者の門戸が広く開かれているのには理由がある。というのも、冒険者にはなんでも屋のような側面があるからだ。特に六級以下の冒険者の中には、戦いを一切望まないものもいる。地道に下働きをして日銭を稼ぐものや、人にものを教えられるような知識人がその辺りに所属していることが多い。ようは冒険者とは名ばかりの、日雇い労働者なのである。

冒険者ギルドは、商業ギルドともよく連携している。階級の高さは、信頼の大きさだ。背景を調べる必要がなく、労働力を簡単に確保できるので、連携しない手はなかった。

とはいえもちろん、冒険者の花形は街の外に出て戦うものたちだ。彼らによる冒険譚《たん》や、伝説に憧れて冒険者を目指すものも少なくはない。そういった若者たちは、まずはギルドで依頼を受けることに慣れ、地道に階級を上げて、街の外へと旅立っていく。

ギルドの受付はいくつか用意されており、登録、依頼、報告など、全てがそこで処理されることになっている。

今、その受付の一つに、注目を集める女性が一人立っていた。

褐色の肌に長い耳。美しい銀色の長い髪に、美しい容姿で妙な服を身にまとっている。その上街では名が知られた、二級冒険者と並んでいた。

◆

言語が脳にインプットされているのか、文字の読み書きはできる。とても助かるが、勝手に言語野がいじられたのかと思うと少し気味が悪い。

名前を書き終わって、年齢と性別の項目を見つめながら私は筆を止めた。男の方に丸を付けたいところだったが、受付のお姉さんを困らせても良くないと思い、諦めて女性の項目に丸を付ける。

年齢は四十三歳。ただしこれも元の姿の私の年齢だ。そのまま書くとこれもまた、お姉さんを困らせることになってしまいそうだ。

私はしばし悩んだ末に、ボブカットの可愛《かわい》らしいお姉さんにこう尋ねた。

「あの、私は何歳に見えるでしょうか？」

尋ねてから、しまったと思う。飲み会で部下に絡む面倒な上司みたいな質問をしてしまった。興味もない相手の年齢当てクイズ程くだらないものはない。お姉さんから怪訝《けげん》そうな表情を向けられて目をそらす。

「この人、記憶喪失だから。年齢わかんないんだよね」

「ああ、そう言うことでしたか。でしたら少々お待ちください」

ラルフ青年のフォロー。

受付のお姉さんも、私の質問の意図を察してくれたのか、奥に引っ込んで一冊の本を持ち出してきてくれる。彼女は目次を指でなぞってから本を開き指で文章をたどる。そうして私の顔をじっと見てから本をぱたんと閉じた。

「ダークエルフという種族は、成人するとイヤーカフスをつけるそうです。あなたにはそれがありませんので、おそらく成人前なのでしょう。成人年齢は十八だそうですから……、それより若い年齢を書いておけば無難ではないでしょうか？」

実に優秀なお姉さんだ。可愛らしいだけではなく、しっかりと想定外の仕事までこなしてくれたことに私は心の中で賛辞を贈った。きっとこういう人が組織内で出世するのだろう。言われた通りの仕事しかこなせないタイプの私とは大違いだ。アドバイスを受け入れて、十七歳と数字を書き込んで提出すると、受付料金は当然のようにラルフ青年から支払われる。

また年下に金を出させてしまった。でも無一文なものだから今はどうしようもない。

「夕方にはドッグタグができます。又その頃にいらしてください。今日は新人冒険者のための講習会がありますので、ご予定がなければそちらに参加することをお勧めいたします」

至れり尽くせりとはまさにこのことだろう。

詳細を尋ねてみたところ、開催は昼過ぎになるそうだ。それまでの空いた時間には予習をしたいと言うと、資料室が自由に使えることを教えてくれた。冒険者という名前の剣呑《けんのん》さから、もっと殺伐とした対応をされると思っていたけれど、予想外の手厚い対応に私はほっと胸をなでおろした。

どこかに出かけるわけでもないので、こうなってくるといつまでもラルフ青年を付き合わせるのは申し訳ない。私は隣にいるラルフ青年に頭を軽く下げて、一人で活動することを伝える。

「ラルフさん、連日ありがとうございます。今日は一日ギルドで過ごします。お忙しいでしょうし、ここからはご自由にお過ごしください」

「好きで一緒にいただけなんですけどね」

なごり惜しそうに言ってくれたが、彼にとって一緒にいたところでメリットがあるとは思えない。先ほど惚《ほ》れたなんだという話をした件について、彼だって少し頭を冷やす時間が欲しいはずだ。

ラルフ青年は少し考えるようなそぶりをした後、ゆっくりと歩き出しながら私に向けて一言だけ残していく。

「宿は一週間分取ってあるので、用事が終わったらそちらへどうぞ」

「あ、それは……」

お金が入るまで数日くらい野宿をしようと思っていたのだが、返事をする前にラルフ青年はギルド内を器用に人をすり抜けながら去って行ってしまった。追いかけようにも、私にはあれほど器用に人ごみを縫って歩く技術はない。

またうまいこと恩を売られてしまった。私は諦めて頭をかき、お姉さんに教えてもらった資料室へと足先を向けた。

二、はじまりの日

外からはかなりの敷地面積がありそうにみえた資料室は、思っていたより狭かった。入り口の札に『資料室兼保管庫』と書かれていたので、受付に座っている気難しそうな男の後ろが、恐らく保管庫になっており、敷地面積の大部分を占めているのだろう。

見回してみた限り、資料室には私とその男性しかいないそうだ。入り口で止まっていると、その彼から視線が向けられる。私がぺこりと会釈すると、意外なことにその男性も鷹揚《おうよう》に頷《うなず》いたのち、興味を失ったかのようにすぐに手元の本へ視線を戻した。悪事を企《たくら》んでいれば嫌な相手に感じるかもしれないが、今のところただまじめなのだろうくらいの印象しか受けない。

私はしばらくの間、本の背表紙を眺めながら歩き回り、二冊の本を手に取った。

テーブルに置いて椅子に座り、『バカでもわかるお金の計算』という、中々挑発的なタイトルの本を開く。相当な自信がないと、これだけ煽《あお》るタイトルはつけられないだろう。その実、中身は非常にわかりやすいものであった。

この世界には商業ギルドが発行している通貨と、国が発行している通貨の二種類がある。冒険者は、国を跨《また》いで活動するものも多いため、基本的には商業通貨しか使わない。ただし、商業ギルドが国に配慮した結果、商業通貨は、国が発行しているものよりも少し価値が低くなっている。

真ん中に穴の開いた銭貨を一つ目の単位として、十の位が上がるごとに、銅貨・銀貨・金貨となり、それ以上のものは証文で処理することが多い。国によっては金貨の上の通貨を作っているところもあるそうだが、お目にかかることはめったにないそうだ。庶民の取引では到底使われそうにない額になるのだから、当然と言えば当然だ。

大体銭貨数枚で、屋台の食べ物を買うことができる。屋台のいい匂いにつられてそちらを見たときに、値段が書いてあったのを覚えている。つまり銭貨一枚が日本の百円前後といったところになるのだろう。

必要な情報を手帳にまとめて本を閉じ、端に寄せて次の本を開く。タイトルは『これであなたも魔法使いになれるかも？』だ。魔法のルールを詳しく知っておこうとページを開くと、なにやら可愛らしく図解されている。まるで絵本のようだ。

子供向けのものなのかもしれないと思いながらも、期待をせずにページをめくっていく。しかし、ざっと目を通してみると、知りたかった情報がわかりやすく簡潔にまとめられていた。

巻末には作者の名前と共に一言添えられている。

『【三連魔導】ジル＝スプリングより。全ての魔法を使うものに栄光と未来を』

魔法使いの育成や、地位の向上を目的として書かれた本なのだろう。

ページをめくるうちに、不思議と心がワクワクしてきているのがわかった。あまり良くない傾向だ。

大人になると思い切って夢や希望に身を任せることが中々できない。失敗をして許されるような年齢はとうに過ぎているのだから。

目を閉じてぱたりと本を閉じ、息をゆっくりと深く吐いた。未《いま》だに何かむずむずとするような気持ちはおさまらなかったが、これはきっと、まだこの世界に慣れていないせいだ。いずれ地に足がつけばこんな気持ちは起こらなくなるはずだ。

外で鐘の音が鳴り響く。そろそろ講習会が始まる時間だ。

私は慌てて手帳をポケットに突っ込み、本を元の位置へ戻した。

来たとき同様、受付の男性に頭を下げて部屋の外へ出る。去り際に男性が会釈を返したのが見えて、律儀な人だなと思いながらも、私は少し足早に廊下を進んだ。

ギルド内は広い。しかしあらかじめ場所は確認しているし、講習会が行われる研修室はここからそう離れていないので、遅刻することはないはずだ。まっすぐ進んで角を曲がったところにそれらしき部屋を見つけて、私はそっと扉に手をかけた。

ゆっくりと扉を引いて中をのぞくが、部屋には誰もいなかった。遅刻していないことに対する安堵《あんど》と、部屋を間違えているのではないかという不安を同時に覚える。もう一度顔を廊下に出して『研修室』という札を確認してから、私は足を踏み入れてゆっくり扉を閉めた。

部屋の後方には一人用の机と椅子がいくつか押し込められている。なんとなく学校の教室を思い出しながら、私は自分が使う分の一セットを運び出し、正面と思われる方向に設置した。手帳を開いて、先ほど学んだことの復習をする。座って待っていれば、いずれは講師や他の新人冒険者が来るはずだ。

時間は合っているはずだが、中々人が現れないことに不安がだんだんと募ってきた。二度廊下まで出て誰か来ないかを確認してみたのだが、今のところ収穫はない。

そわそわしながら人を待つこと十数分。じっと見つめていた扉がかたりと音を立てて、私はようやく肩の力を抜いた。

入ってきた人影は小さい。目についたのは、頭にある耳と、歩くたびに揺れるふさふさとした尻尾だった。可愛らしい顔立ちをした少年で、尻尾や耳とおそろいの黄緑色の髪と、それよりも少し深い色をした真ん丸で大きな瞳を持っている。左の腰には短い剣、右の腰にはなぜかハンマーが装着されている。丈があっていないように見える服は、袖口の部分がダブついており萌《も》え袖のようになっていた。

きっと獣人と言われる種族だ。昨日ラルフ青年からそんな種族が存在すると聞いた。

少年は室内後方にある椅子と机を運んで、私の横に少し間隔を空けてそれを並べた。時折左の袖が、運んでいる机や椅子にあたり、カツンカツンと変な音を立てている。どうやらあのダブついている部分が、ポケットになっているようだ。

獣人の少年は、ごそごそと袖の中に手を突っ込むと、机の上にいくつかの綺麗《きれい》な石を並べてじっと見比べる。マイペースな性格なのか、私から見られていることを気にした様子はない。気になるからといってじろじろ見ては失礼だ。手帳に目を落として、隣を気にしないように努める。

しばらくするとカツカツと妙な音がし始め私はまた少年へと視線を向けた。いつの間にかノミまで取り出した少年が、机の上で石を削っている。時間つぶしにしたって、ちょっと手が込みすぎてはいないだろうか。果たしてここは本当に研修室で合っているのか。もしかしたら工作室だったかもしれない。

私は何度も確認したこの部屋の入り口に下げられた札を思い出して、その可能性を否定した。

それからさらに待つこと数分。部屋の外から騒がしい声が聞こえてきて、勢いよく扉が開けられた。獣人の少年よりも少し年上に見える男女ペアが、ポンポンと言葉を交わしながら部屋に入ってくる。

「ホントにここで合ってる？」

「大丈夫だって。ほら、後ろの方に机と椅子がいっぱいあるって言ってただろ」

少年が机を、少女が椅子を二人分持ってきて、私の横に並べた。二人と獣人の少年に挟まれるような立ち位置だ。私だけがおじさん。オセロだったら裏返って若者になれるのに。そう考えてから、今の私の姿は十分に若いことを思い出した。

ワイワイと部屋が急ににぎやかになってきた。よくしゃべる若者がいるだけで、部屋の雰囲気は随分変わる。

茶髪で腰に剣を帯《お》びた少年と、赤茶の髪をお団子にした軽装の少女。そのどちらもが活発そうで、いかにも新人冒険者という雰囲気を漂わせていた。話を盗み聞く限り、彼らも講習を受けに来たのだとわかる。やはり部屋はここで合っていそうで一安心。

「珍しくまっすぐ目的地に着いたわね」

「そんなにいつも迷ってねぇだろ。お前じゃないんだから」

「たまに迷う時点で方向音痴でしょ」

「うるせぇなぁ！　コリンに任せたら絶対つかないだろ。俺の方がましだ」

「私は他にもいろいろできるからいいんだもーん」

　ちらちらと私と獣人の少年の方を窺《うかが》いながらも二人は会話を続ける。話しかけるタイミングを窺っているようだが、何かしらの理由で遠慮しているのだろう。確かに獣人の少年は、少し変わり者っぽい独特な雰囲気を持っている。

　やがて彼らの声は少しずつ小さくなってきたけれど、興味がなくなったわけではなさそうだった。小さな声で「珍しい」とか「新人かな」とか、そんな風に聞こえてくる。

　私としても特別社交的な方ではなかったから切り出すべき言葉が見当たらない。実年齢が四十半ば近くにもなると、若者に声をかけるのは気が引けるのだ。あとでひそひそと噂話《うわさばなし》でもされた日には、心に深い傷を負うことになるだろう。

「ダークエルフ？」という言葉が聞こえてきて、ちらりと顔を上げて見てみると、ワクワクした表情の二人組と目が合ってしまった。話をしながらずっと私の方を窺っていたらしい。ようやく目が合ったことをチャンスと思ったのか、少女が椅子から立ち上がった。できれば少年に対応してもらった方がまだ事案にならなそうなのだけれど、と思ったところで扉が開き、講師と思われる女性が部屋に入ってきた。

　講師は私たちの前まで歩いてきて、両腰に手を当てて胸を張る。年齢はここにいる若者たちより少し上くらい。

私はこの人物を今朝方見た記憶があった。いや、見られた記憶があった。

「四人全員そろってるわね。……あ」

目の前に立っている青い髪の少女。先ほどの「あ」という声で、相手方も私のことを思い出したであろうことを確信した。

私が宿にて痴女行為をしたときに、ロビーにいた青髪の少女。彼女が今回の講師であるようだった。

三、お誘い

目を合わせたら何かが終わる気がして、私はジッと机についた傷の数を数えた。

エリ＝ヒットスタンと名乗ったその少女は、ギルドから今回の講師を依頼された三級冒険者だそうだ。何かを言いたそうにしている間を感じたが、その圧に屈することなく下を向いていると、彼女はやがて諦めてため息をつき、講習を開始した。

彼女が語ったことは、冒険者の心構え、依頼の種類、それにこの世界に住む者たちについてだ。

人間・獣人族・ドワーフ族・小人族・そしてエルフ族は、基本的に【人】として認識されており、共に手を取り合うことができるとされている種族だそうだ。

それに対して、小鬼族・吸血鬼・巨人族、他にも人魚やリザードマンと言った種族を【破壊者《ルインズ》】と呼んで、敵対種族として扱っている。彼らは一様に、攻撃的で破壊的であると認識されており、古《いにしえ》には世界を二分して大戦争が起こったこともあるそうだ。私が今いるこの北方大陸にも【破壊者《ルインズ》】が跋扈《ばっこ》する地域は存在する。

例えば北方の広い大地には、巨人族の住む国【ディグランド】。〈オランズ〉から東へ進み、深い森を越えると、【破壊者《ルインズ》】どうしで争い続けているとされる〈混沌領《こんとん》〉と呼ばれる地がある。

冒険者が戦う相手はそれだけではない。野生の動物や、それらが狂暴に変質した魔物。死してなお人を襲うアンデッド。街の外へ一歩出れば、難所や山道には賊たちが根を張っていることもある。

つまり端的に言えば、この世界はめちゃくちゃ危険なのだった。

私はこれからの生活を考えてみる。下級冒険者として単純な労働をして信頼を得てから、段々と頭脳労働に切り替えていく。

冒険者の仕事は大きく分けて四つ。すなわち、労働・探索・護衛・討伐だ。より高い等級を目指すのであれば、危険を伴う依頼をこなす必要があるが、そうでないのならば街の中で、労働だけをこなしていれば十分生きていける。

ファンタジーの世界を冒険するというのは聞いているだけならば魅力的だが、当然、危険も伴う。安全な国で長く暮らしてきた私にとって暴力は遠い世界の話だ。振るうのも振るわれるのも恐ろしい。

しばらく手帳を見つめながら、じっとこの世界で生きる自分の姿に思いをはせた。剣と魔法、様々な種族と、冒険譚。

私は静かに目を閉じて、パタンと音を立てて手帳を閉じた。ワクワクする少年心も、それと一緒に閉じ込める。

本格的に冒険者としての活動をするためには私の性格は臆病すぎる。うまくいかなかったときの保証もない。とにかく無難に、無理なく生きていける方法を探るべきだ、いや、そうしなければならない。今までだってずっとそうやって生きてきたのだから。

講習が終わる。この世界でも日本にいた頃と同じように、地道にじっと耐える生き方を選ぼう。きっとそれが私にお似合いの生き方だ。

勇む心を鎮めて、リスクがあれば背を向けて逃げ出す。賢い大人ならばそう生きなければならないのだと自分に言い聞かせて立ち上がった。ラルフ青年にお金を返せるようになるまでは、しばらく時間がかかるかもしれないが仕方ない。きちんと説明して返済は待って貰うことにすればいい。

現実的なことだけを考えて、部屋から出て行こうとしたところで、後ろから声をかけられた。

「ねぇ、ちょっと！　少し話聞いてくれない？」

講習前から話しかけるタイミングを窺っていた二人組の、少女の方だった。その後ろでは少年がもう一人の獣人の子に話しかけているのが見える。

「なんでしょうか？」

私は直立のまま振り返り首を傾《かし》げた。相手が若い女の子だということと、気持ちが少し沈んでいたせいもあって、そっけない対応になってしまったことを反省する。もう少し愛想よくできればいいのだけれど、あまりそういうのは得意ではない。

獣人の少年もまた、座ったまま首だけを少年の方に向けて、無言でじっと相手を見つめ返していた。二人はそんな反応にもひるむことなく、がたがたと机を動かして、四つの机を向かい合わせにする。円卓のように並べられたそれを見ながら、何事かと考えていると、少年が手のひらでバンバンと机をたたいて口を開いた。

「ほら、俺たち同期だろ？　登録したタイミングが合うって珍しいことらしいぜ」

「そうそう、つまり、交友を深めましょうってことなのよ！」

「そうですか、なるほど……」

少し間をおいて誘いに乗るかを考える。これくらいの子たちと、どう会話していいものかというのが一つ。できれば速やかに部屋から出て、今後の仕事を探したいというのがもう一つ。

ただ、折角話しかけてもらったというのに、その気持ちを無下にするのはあまりに忍びない。先に椅子に座った二人はドキドキしながら期待の眼差《まなざ》しを向けてきているのがわかる。微笑《ほほえ》ましい反応に心持ちが少し穏やかになったのがわかった。

ほんの数分急いだところで、何が変わるわけでもない。知らない場所で人と交流を深めるのも大切なことだろう。

私は椅子を引いて腰を下ろし、膝の上に手を置いて背筋を伸ばす。若い子たちと話をするときは、もう少し砕けた姿勢の方が好まれるのだろうか。席に座ると、先に机だけ持っていかれてしまった獣人の少年が、椅子を引きずってやってくる。彼もまたこの会話に参加することに

したようだ。

「反応薄いなぁ、お前ら」

少年は口をとがらせて、不満を隠さずに言うが、怒っている風ではなかった。ただなんでも正直に口に出してしまうだけなのだろう。表情をすぐに明るい笑みに変えて話し出す。

「俺はアルベルト＝カレッジ、十四歳！　おやじが元冒険者で、ずっと憧れてたんだ。結構鍛えられてるし強いぜ！」

少年は腰に下げられた剣の鞘《さや》を手のひらで叩《たた》く。派手な装飾がなく、年季を感じさせるそれは元冒険者であるという父親からのおさがりなのかもしれない。汚れた様子がないのを見ると、少年がその剣を大切に扱っているであろうことが察せられる。思ったよりまじめで、繊細な性格をしていそうだ。

「私はコリンね。アルベルトと同い年の、小さな頃からの腐れ縁よ。一人で放っておくとすぐ死んじゃいそうだから、一緒に冒険者になることにしたの」

コリンの自己紹介を聞いたアルベルトは、頼んでないとかなんだとか騒いでから、二人同時に私の方を見る。私と隣に座った獣人の少年は、彼らの息の合った動きに少し体を引いた。キラキラとした期待に満ちた瞳を向けられて、言葉を交わしたことのないはずの獣人の少年と私の間でアイコンタクトが交わされる。その意味を言語化するならば、互いに『お先にどうぞ』だ。

一応記憶喪失ということになっているので、矛盾のないようにやらないといけない。私が自己紹介の内容を考えているうちに、獣人の少年が先に話し出す。

「……モンタナ＝マルトーです。ドワーフの鍛冶師の息子です。短剣を使って戦うです」

彼の言葉遣いは少したどたどしい。しゃべり慣れていないというよりも、言葉を選んで発しているといった雰囲気だ。しかし彼もまた冒険者志望の子供らしい心を持っているのか、自己紹介するその瞳は未来への希望で輝いているように見えた。

そうなるとこの中で淀《よど》んだ瞳をしているのは私だけと言うことになる。とりをとるには相応《ふさわ》しくないが、順番が回ってきてしまったので仕方がない。もったいぶっていないで早く終わらせてしまえばよかった。そう思いながらも、ここまで来て黙って立ち去ることもできずに、私は諦めて口を開いた。

「ハルカ＝ヤマギシです。あー……、争いごとは……、不得手ですね」

自分の言葉を頭で反芻《はんすう》しながら思う。精神年齢は一番上のはずなのだが、なぜか私の自己紹介が一番要領を得ていない気がする。

「ふーん、んじゃあハルカって呼ぶことにする。俺のことはアルでいいぜ」

「私もハルカって呼ぶー！」

距離を一気に詰められて目を白黒させているうちに、話がどんどん進んでいく。若いというのはパワーだ。私の体も今は若くなっているはずなのだが、どうにも精神がおじさんであるせいか、彼らに対抗することができない。

それでもこの場にいると、自分まで若くなったような気持ちになれて、少し心地好かった。

ちらりと横を見ると、モンタナが、ぼんやりと私の方を見つめている。

二人に応答するときも、じーっと見つめられていたのはなぜだろうか。穴が開いてしまいそうだ。悪いことをした覚えはないのだが、何か気に障ることでもあっただろうか。

視線を向けられること自体が得意ではないから、できれば正面を向いて会話をしてほしい。

目を伏せてじっとしていると、アルベルトがテーブルに身を乗り出して尋ねる。

「んで？　モンタナはドワーフの子なんだよな？」

「です」

「んでも獣人族だよな？」

「そです」

「なんでだ？」

随分とプライベートにぐいぐい突っ込んでいく。咄嗟《とっさ》にモンタナの方を窺ったが、表情は先ほどとあまり変わりがない。嫌な思いをしているようだったら話題を変えてあげようかと思っていたのだが、余計なお世話になっても困るので状況を静観する。

「おっきな鳥に攫《さら》われて、ドワーフの父に拾われたです。冒険者になったから、そのうち血の繋《つな》がったお父さんとお母さんも捜すですよ。いろんなところ見て回りたいです」

彼にとって出生についての話題は、今更気にすることでもなかったようだ。きっと血が繋がっていないことをどうとも思わないくらいに、ご両親がしっかりとした人たちなのだろう。

そんなことを思いながら一人温かい気持ちになっていると、モンタナの話を聞いたアルベルトとコリンが顔を見合わせてニヤッと笑う。若い子を疑うような言い方だが、何かを企んでいるように見えた。

「なぁなぁなぁ、それじゃあさ、俺たちとパーティ組まねぇ？　そんで色んなとこに一緒に冒険に行こう！」

　モンタナが長毛の尻尾を自分の膝の上に乗せ、ふぁさふぁさとしばらくいじくった。天井を見たり、ここにいる自分以外の三人の顔を順番に眺めたりして、たっぷり時間をおいてから、シンプルに一言で返答する。

「ん、いいですよ」

　これはまずい。

　この集まりの目的は交流会などではない。私たち二人をパーティメンバーに誘うという明確な目的があったようだ。

　私はこれから地道に街での仕事を繰り返し、ラルフ青年への借金を返済したのち、その辺の商家にでも雇われて平和に暮らすつもりだ。いや、そうしなければならないと思っていた。

　しかし、ここにきて先ほど落ち着けたはずのむずむずとした思いが頭をもたげてくる。

　嫌なことがあったときの焦りとはまた違う。どちらかといえば、良質な物語の続きを楽しみにしているときのような、熱い戦闘シーンに心躍らせているときのような、そんな胸の高鳴りに近い。

「ハルカも！　一緒に冒険するよな？」

「え、あ、私ですか？」

「武器持ってないし、魔法とか使えるのか？」

「使えるみたいですが、いえ、しかし私は、街の中で労働して生きていこうかと思ってまして……」

「え、ホントに魔法使えるんだ！　やった、魔法使いは貴重なのよっ！」

やったやったと喜び始めたコリンに、私は言葉を詰まらせる。まだ加入するなんて言ってないのに、どんどん話だけが進んでいく。これを断ることを想像すると、胸だか胃だかが痛くなる気がして、私はそっとみぞおちの辺りを押さえた。

どのくらい自分が魔法を使えるのか、一般的な魔法はどの程度のレベルなのかもわからない。この状態で安易に加入することは憚《はばか》られる。迷惑はかけたくないのだ。

「一晩、考えさせてもらえませんか？」

結局私が出した答えは断るというものではなかった。どうやったら断れるか、ではなく、加入した後に迷惑をかけたくないと考えている時点で、思考の方向が変わっていた。なんとなくそれに気がついていながらも、私はそれを無視して続けた。

「前向きに検討しますので」

そう言ってそそくさと廊下に出てから、私は本当にこれで良かったのかと懊悩《おうのう》する。

この胸の高鳴りに身を委ねてしまって本当にいいのだろうか。いいはずがないのに。

まだ引き返せる。今からじっくり考えてから答えればいい。大丈夫、まだ時間はあるのだから。

四、観察と実験

私はギルド内を颯爽《さっそう》と、というのは言い過ぎかもしれないが、それなりに足取り軽く歩いて訓練場へ向かう。考えがまとまらなくても明日はやってくる。それならば、考えながらでも今できることをやるべきだ。

訓練場からは、木剣を打ち合わす音や、魔法を詠唱する声が聞こえてくる。

廊下を抜けると全容が見えてきた。良く晴れた空の下、冒険者たちが訓練に取り組んでいる。私はその中でも魔法使いたちが集まっている場所へ向かう。

的に向かって放たれている魔法は、どれも『これであなたも魔法使いになれるかも?』に載っているものばかりだ。呪文を堂々と詠唱してくれているおかげで、何を使っているかが知識の少ない私にもわかりやすい。

彼らの姿は堂々としており、自分の能力を周りにアピールしているようにも見えた。もしかしたら私同様に周りに立っている人たちに実力を示して、パーティに勧誘されるのを待っているのかもしれない。

私は彼らが放つ魔法を観察しながら、その手順を脳内でシミュレーションする。

詠唱し、杖《つえ》の先を的に向ける、先端から放たれた魔法が真っすぐに的へと飛んでいく。

多くの魔法使いは数回魔法を放つと休憩を挟んでいるようだった。顔を顰《しか》め、頭を押さえている人がいるのを見ると、それくらいが無理なく魔法を撃つことができる平均数なのかもしれない。

『これであなたも魔法使いになれるかも？』によれば、魔法を使い続けると頭が痛くなるそうだ。ひどくなっても時間を置けば治るらしいが、限界を超えて魔法を使い続けるとその場で気を失うこともあるという。この魔法の連続使用によっておこる頭痛のことを、一般的に『魔素酔い』というそうだ。

この頭痛は魔法を使用することに対する過剰な集中と、魔素を一度頭の中に通した際に脳に負担がかかることが原因だそうだ。魔法を連続で放てる数の限界は、素質も関係してくるが、訓練によって伸ばすこともできるという。剣士たちが毎日剣を振るうように、魔法使いはこうして毎日訓練をすることが大切だということだろう。

下がって休憩をしている魔法使いに代わり、私は的の前まで歩み出た。

脳内で行ったシミュレーションに従い、魔法の手順をゆっくりとこなしていく。

「…火の矢、生《な》れ、尖《とが》れ、飛び、刺され、爆《は》ぜよ、示す方向に」

呪文を唱えること、人前で魔法を練習すること、指先に向けて集まるうっすらとした何か。

その全てが私の気持ちを高ぶらせ、鼓動が高まっていく。

指先に集まった力はやがて炎の矢という形で可視化された。

その炎は確かに熱があるはずなのに、私の指先を焦がすことはなくその場にとどまり続ける。

私はごくりとつばを飲み込んで、停滞したその炎の矢に向けて指令を与えた。

「いけ、ファイアアロー」

炎の矢は、普通の矢と変わらぬ速度で指先から射出される。まっすぐに飛んでいき、的に突き刺さると小さな爆発と共にそれを包み込んだ。

心臓がバクバクと音を立てるのが聞こえる。頭がカーッと熱くなり、全身に鳥肌が立つような高揚感を覚えた。思わずわずかに口角が上がっていたことに気づき、慌てて表情を戻す。

どうやら私は、魔法を使えるということに年甲斐《としがい》もなく興奮しているらしい。

立て続けに、ウィンドカッター、ウォーターボール、ストーンバレットを放つ。楽しくて楽しくて魔法を撃つのがやめられない。

四十年も生きてきて、こんなにワクワクするのは初めてだった。

魔法はどれも私のイメージした通りに形作られ飛んでいく。もしかしてイメージ次第でもっと他の魔法を使うこともできるのではないかと思ったが、あまり目立つことはしたくない。

どうにかして他の魔法も試してみたくなって見回してみるが、残念ながら他に目新しい魔法を使っている人はいなかった。

心配していた『魔素酔い』は今のところ襲ってこない。

もし魔法使いとして生きていくのであれば、自身の限界を知っておく必要はあるだろう。それを試すつもりで、私は次々と魔法を放ち続ける。
十、二十、五十発と繰り返すも魔素酔いが訪れる気配はない。

夢中になってやっている間は気がつかなかったが、おかしいと思ってふと周囲を見て、自分が注目されていることに気がついた。子供のようにはしゃいでいるのを見られたかと思うとひどく恥ずかしくなり、私は冷静を装いながらも逃げるようにその場を離れて見物客に紛れた。

とりあえず五十発。それだけ撃てれば流石《さすが》に足を引っ張ったりはしないだろう。他の冒険者たちの訓練風景をぼんやりと見つめるが、やはり皆数発撃つと一度休憩を挟んでいる。無理をした魔法使いが、頭を抱えてその場にうずくまることもあった。

私は視線を落としながら魔法の欠点についてぼんやりと考える。

他の冒険者を観察していてわかったことだが、魔法は手や杖から射出されるとき、必ずしも狙った場所に着弾するわけではないようだった。たとえるならばそれは野球の投球に似ている。全力で射出すればするほどコントロールが難しくなる。いくら速度が出たところで誤射してしまってはどうしようもない。だからといってあまりにノロノロとした射出をすると止まっている対象にしか当たらなくなる。

ベテランはそういった部分を訓練によってカバーしているのだろう。

一方で私が初めて使った魔法を思い出す。

視線の先、その場所に突然燃え上がる炎。あれならコントロールをする必要はない。既存の魔法にそういった技術はあるのだろうか。わかるまでは安易に使うつもりはなかったが、いざというときには役立ちそうだ。

それからまたしばらく訓練場の様子を眺めていると、端でサンドイッチを齧《かじ》っている冒険者の姿が見えた。もう昼を回って随分と時間が経《た》った。食事をしていないことを自覚した途端、急にお腹《なか》が減ってきた気がする。新しいことに夢中になりすぎて、食事を忘れるなんてまるで子供のようだ。

魔法がきちんと使えることは確認できたし、他の冒険者からの視線も気になるようになってきた。話しかけられる前に訓練場から離れるのがいいだろう。向けられた視線に気がついていないふりをして、私は訓練場の出口へ向かう。

宿に戻ったら食事は用意してもらえるのだろうか。

そういえばあの宿の値段も結局よくわかっていない。早めに出てもっと安い宿を探すべきなのだろうけれど、一文無しではそれもできない。早くお金を稼いで生活を安定させたいものだ。ラルフ青年を見つけたら、せめてもう少し安宿に変更してもらえないか相談してみた方がいいだろう。

角を曲がって、ギルドの正面出口に向かおうとしたところで、目の前に女性が立ちふさがった。魔法使いらしいローブに長い青髪。

「待ってたわよ。ちょっと話があるんだけど」

今日講師をしていたエリさんが、仁王立ちで私のことを見上げた。

わざわざ待ち構えている上級冒険者。これはまさか、今朝の痴女行為が断罪されようとしているのだろうか。冒険者になる前に犯罪者にジョブチェンジはシャレにならない。どう釈明したら許してもらえるのだろうかと、考えをめぐらしても名案は浮かんでこない。

「じゃ、行くわよ」

返事を聞かずにエリさんが歩き出す。私はその場に立ち尽くしたままその背中を見つめていた。どうか気がつかずにそのまま立ち去ってくれないだろうか。

エリさんは少し歩いてから、振り返って笑う。笑うということはそんなに気にしていないということなのか。それとももう逃げられないから観念するようにという余裕の表情なのか。

「何してるのよ。話があるって言ってるでしょ？　ご飯奢《おご》ってあげるからついてきなさいよ」

処刑場に連行されるような気分ではあったが、ご飯にはありつけるらしい。最後の晩餐《ばんさん》にならないように言葉には気をつけよう。食欲に負けたわけではないけれど、私は言い訳を考えながら黙ってエリさんの後についていて行くことにした。

五、忠告

「座っていいわよ。食べられないものある？」

「多分ありません」

「多分って何よ。ま、いいわ」

日本にいた頃は嫌いな食べ物もアレルギーもなかったけれど、こちらだとどうなのだろう。そんなことを考えて多分という言葉を使ってしまったけれど、余計な配慮だったようだ。考えすぎというべきか、考えたらずというべきか。

たくさんの人々が行き交うなかを、慣れた様子でエリさんが動き回る。端に置いてあるピッチャーと、コップを二つ取ってきてテーブルに置くと、今度は従業員と思われる人物に何かを話しかけてから、席へ戻ってくる。

「お待たせ」

彼女は薄紫色の液体を二つのコップに注いで対面に座った。その間に攻撃的な雰囲気を一切感じなかったところを見ると、もしかしたら本当に新人に対してご飯をおごってくれるだけなのかもしれない。

持ってきた液体で喉を潤した彼女は、穏やかな表情のまま私に問いかける。

「あんた、朝、私と同じ宿にいたわよね？」

「あ、はい」

全然ダメだった。

覇気のない返事に彼女は顔をしかめる。断罪を待つ咎人《とがにん》のつもりなのだから、元気など出るはずもなかった。エリさんは特別厳《いか》めしい顔をしているわけではなかったが、私には彼女がベテランの検事か裁判官のように見えてくる。俯《うつむ》いてただ判決を待つだけのあわれな罪人だ、弁護士はいない。

「な、何よ、私が新人をいじめてるみたいじゃない。それとも普段からそんな感じなの？」

「え、いえ、そんなことはありません」

「じゃあその辛気臭い雰囲気をどうにかしなさいよ……」

「はい、すみません」

幾度か小さく頭を下げながら、彼女の顔色を窺う。呆《あき》れたような、困ったような表情だ。

「ホントに、別にいじめようってわけじゃないのよ？　あんたが朝ラルフの奴《やつ》と一緒に出掛けたのを見たから、どういう関係なのかなと思って」

言葉の通り、エリさんは怒っても咎めてもなさそうだ。

エリさんはラルフ青年のことを知っているようだ。ラルフ青年はもてそうだから、恋路の邪魔でもしてしまっただろうか。だとしたら誤解を解く必要はあるのだけれど。

「どういう関係もありません。森で迷っていたところを、街まで案内してもらって、世話してもらっていたんです。親切、そう、親切ですよね、彼は」

ただ彼が親切であることを伝えて、それ以外には何も感情はありませんよ、とアピールをする。異世界へ来て二日にして、泥沼の愛憎劇に巻き込まれるのはごめんだった。

「ふぅん、ならいいけど。あいつって女癖悪いし、たまに女性関係でトラブル起こすのよね。だからあんたが何か脅されたり、利用されたりしてるんじゃないかって心配して声かけたの。っていうか、見たことない格好してるし、ほぼ裸でロビーに出てくるし、そんな奴が講習に現れたから気になったのよ。あの宿って新人冒険者が泊まれるような宿じゃないでしょ？　ダークエルフも見たことないし、とにかく珍しいしさぁ」

しゃべっている途中に従業員がパンとソーセージを運んでくる。彼女は指先でテーブルを二度叩き、そこに置くよう指示をだした。二人の前に置かれた皿の端には、ピクルスを刻んだものが添えられており、食欲をそそる香りを漂わせている。

他人から聞いた話でラルフ青年の評価を下げるのは良くないが、私にも思うところはある。もしかして先ほどの告白もどきも、ちょっと粉をかけてみただけなのだろうか。しかしそれにしてはずいぶん親切にしてもらった。

自分の中身が実はおじさんだと知ったら、彼はいったいどう思うだろうか。気持ち悪いと思うはずだが、事情を説明して信じてもらえるとも思えない。しかし頭がおかしい奴だと勘違いされたいわけではないので、これは思うだけにとどめておくことにした。今回の件については、本当にただの親切だと思うことにして、ラルフ青年のフォローをしておくことにする。彼の心中がどうであろうとも恩を受けたのは確かだ。

「本当にただ親切にしてもらっただけですよ。お金も貸していただいてます。早めに仕事を得て返金したいと考えているのですが」

「なるほどね。じゃ、あんた早くあの宿出た方がいいわよ、高いから。私ぐらいの冒険者が泊まるくらいのグレードよ」

「三級冒険者がですか……。それなら確かに早く出るべきでしょう。ただ彼がすでに一週間分支払いをしたと言っていたんです。次に会ったときには相談するつもりでいるのですが」

三級冒険者の実入りについて考えてみると、あの宿は私にとって分不相応と言わざるを得ないだろう。冒険者として上から数えた方が早いのだから、それなりの稼ぎがあるはずだ。少なくともぺーぺーの冒険者が連泊するような宿ではない。

私は人に借りがある状態があまり好きではない。人と比べたことがないからわからないけれど、恐らく人一倍そういう傾向にある。借りがあると考えただけで、何をするのにも罪悪感を覚えてしまうのだ。面白いものに出合ったとき、おいしいものを食べたとき、ふとそんなことをしている場合なのかという思いが胸をチクリと刺す。親切を無下にするのもどうかと思うが、それに甘え続けるのは精神衛生上よくない。

「じゃ、私が代わりにキャンセルしてあいつにお金返しておきましょうか？　それでこっちのギルド宿舎に移ったらいいんじゃない？　あとあいつにお金を借りたくないなら、しばらくこっちで都合してあげてもいいわよ」

エリはそこで一呼吸おいて、椅子に寄りかかる。コップを傾けてもう一度のどを潤してから
「あんたが嫌じゃなければだけどね」と続けた。

こうなってくると、逆にエリさんの方こそ、なぜ自分にこんな親切にしてくれるのかがわからない。立場やパワーバランスがわからないせいで推測することも難しい。それに後の提案については、お金も貸主が変わるだけで、根本的な解決にはなっていない。

考えたってわからないことは聞いてしまうに限る。この世界において私は経験も知識もあまりに足りていない。判断材料をもっと仕入れる必要があった。

「それはありがたいですが、逆にエリさんは、なぜ私のことを気にしてくれるのでしょうか？」

「別に大した理由じゃないわ。私が女性ばかりいるチームに所属してるっていうのと、友達の一人があいつに泣かされたことがあるってだけ。あとはあんたの講師をすることになって、妙

な縁を感じたからよ。朝は随分と驚かされたし、印象が強かったのよね」

朝の話を持ち出されて、私は身を小さくしてまた頭を下げる。

「あー、責めてないってば。とにかく私もそれ以上の他意はないわ。講習のおまけだと思いなさいよ」

もうそれはいい、とばかりに手をシッシッとふった彼女は、不器用にパンを二つに割り、そこにソーセージとピクルスを詰め込んでいく。うまく割れていないせいで、本当に無理やり詰め込むような動きだ。不格好なそれに、何かのソースをかけ、ぼろぼろと零《こぼ》れるピクルスを、慌てて空いた手で拾っては口に運んで食べる。清楚《せいそ》な見た目をしている割に、かなり粗野《そや》な動きだった。冒険者らしいといえばそうなのかもしれない。

「そうでしたか……。ではご迷惑をおかけしますが宿の引き払いの件をお願いできますか？あと、ラルフさんに今度きちんとお金の話をしたいので、どこかで見かけたら、私が捜しているとお伝えいただけると助かります。なにぶん街に慣れていないもので、見つけられる自信がないんです」

これから増えようとしている負債は少しでも減らしたい。今日以降にかかる宿代がなくなれば、それだけでも返済額はだいぶ減らせるだろう。

彼女は私の話を聞きながらパンを口いっぱいに頬張った。リスみたいに膨らんだ頬が可愛らしい。返事をしようとして口元を一度手で覆ったが、すぐに諦めて指で輪を作り承諾の意思を示した。コップを傾けて口の中を綺麗にしてから彼女はニヤッと笑う。

「じゃあ決まりね。あいつにちょっと嫌がらせをしてやれそうで満足だわ。この話は終わり、今度はあんたのことについて教えてよ。なんで冒険者になろうと思ったのか、とかさ」

女性との会話はあまり得意ではなかったが、世話をして貰う以上、じゃあよろしくさようなら、と言って立ち去るわけにもいかない。まだほんの一日しかあの宿にいないので、それほど語れることもないのだが、何か彼女の興味を引くような話題はあっただろうか。

語り始める前に私は口を湿らせようと、コップの中身をグイッと飲んだ。少し渋くてアルコールの香りがする飲み物だった。香りは良かったのだが味は微妙だ。

「何を変な顔してるのよ。こんな安い食堂で出てくるものなんて、ワインを水で割ったものくらいよ。普段いったいどんないいものを飲んでるの？」

私の渋い表情を見て彼女はコロコロと笑う。講師をしているときは終始まじめな顔をしていて大人っぽく見えたものだが、サシで話をしてみれば年相応の女の子だ。

私が身の上を語り出すと、ふんふんと相槌《あいづち》を打って聞いてくれる。記憶喪失であることに同情し、私の出身地などを親身になって推測してくれる。単純に親切なのだ。

この世界に来てから、随分と出会う人に恵まれている。

外が暗くなってくる頃には、エリ、ハルカと呼び合うような仲になることができた。自身の年齢を考えると気恥ずかしいが、友人ができたようでうれしい限りだ。

そろそろ食堂を出ようというところでエリから忠告を受ける。

「ハルカ、さっき訓練場で魔法を撃ってたでしょ。目立ちたくないならあまりやらない方がいいわよ」

「そんなに目立ちましたか？」

「ええ、訓練場で魔法を何十発も撃ってる美女がいるって噂になってたわ。私もそれを聞いて見に行ったんだから。初級魔法だからって数十発も撃ったら、私だって疲れて一休みするもの」

「……気を付けます」

「ま、その顔とスタイルをしてたら、そうじゃなくても目立つけどね」

私の容姿の話は、会話の中でも何度か出ていた。水に映してみたとき確かに美人だとは思ったが、それほどなのかとようやく認識したところだ。美醜についてあまり深く考えたことがなかったので自分では判断が難しい。目の前にいるエリだって、先ほど研修の後に声をかけてくれたコリンだって、私にとっては十分すぎる美少女に見える。

ある一定のレベルを超えると、美人という枠組みに入ってそれ以上の区別ができなくなるのだ。私にとって美男美女は、美男美女でしかない。

しかしそれだけ何度も言われるのであれば気をつけなければならないだろう。早いところフード付きの服でも買って、顔をあまり出さないように生活をするべきだ。見た目による無用なトラブルは避けたい。

話が一段落すると、エリは食器をもって立ち上がる。

「ギルド宿舎を案内してあげる。ついてきて」

いわれるがままに立ち上がった私は、ひよこのようにエリの後をついてまわる。随分と年を食った雛《ひな》だ。自分が情けなくておかしかった。

食堂から出て横並びで歩きながら会話を続ける。

「ハルカさー、もし冒険者やるなら、うちのクランに入らない？　女ばかりだから、やりやすいかもしれないわよ？」

それはとても居心地が悪そうだ。元々おじさんなので目のやり場にも困るだろうし、馴染《なじ》める気もしない。藪蛇《やぶへび》になりそうなので余計なことは言わないけれど。

先ほどコリンたちからパーティに誘われたことを思い出しながら私はそれに対する返答をする。

「私、普通に働いて、どこかで雇ってもらおうと思っていたんですよ」

「魔法使えるのに？　でも過去形ってことは、考えが変わってうちに入ってくれるってことかしら」

「ああ、いえ、それなんですけどね。今日講習で一緒だった子たちに、一緒に冒険をしようって誘われたんです。まだ私が何をできるのかもわかっていないのに、面白い子たちですよね」

エリはふぅん、と言って唇を尖らせる。

「あー、はいはい、わかった。そっちの方が気になってるのね。急に表情がいきいきとするんだもの、ずるいわ」

「そ、そうですか？　気を悪くされたならすみません」

「べっつにー。ま、出会った順番も何かの縁っていうし。パーティのバランスも良さそうだったしいいんじゃないの？」

すねたような表情のまま答えるエリに私は少し困って頬をかいた。しかし先輩風をふかす姿が嫌味っぽく見えないのは、彼女の得なところかもしれない。ついでにこの年下の先輩に相談事もしてみることにしよう。

「とはいえ、私みたいなよくわからないのが一緒になったら迷惑なんじゃないかなと思う面もありまして。どう思います？」

誰かに後押ししてほしかったのかもしれない。今は見た目や性別に年齢、そのすべてが本来の私ではない。それで彼らの仲間になろうというのは、騙《だま》していることにならないだろうか。彼らのように夢や目標を持って臨んでいるわけでないのに、こんな萎《しな》びた精神をもって輪の中に入って許されるのだろうか。汚れのない白紙に、墨汁を一滴たらすようなことになってしまわないだろうか。

これまでの人生、自分が意志を持って決めたことは大概うまくいかなかった。新しいことを始めるのは恐ろしい。私は物事を即断即決できるようなタイプの強い人間ではないのだ。

これはきっとそれらの不安を打ち消してほしいからこその質問だった。

エリが立ち止まって私のことを見る。唐突に指が私の眼前に突き付けられ、思わず少し身を引くと、彼女は言い聞かせるように語りはじめる。

「何言ってんのよ。あっちから誘ってきたんでしょ？　ハルカは美人だし、魔法は十分使えるし、丁寧で大人っぽいじゃない。釣り合う努力をするべきなのは残りの子たちだと思うけどね。

なんでそんなに自信がないのか知らないけど、一度一緒に活動してみたら？　あ、でも、死なないように気を付けるのよ。私もハルカのこと結構気に入ったし。別に冗談でチームに勧誘したわけじゃないんだから。わかった？」

その勢いに気圧《けお》された私は小さく頷く。反応を見たエリは満足げに頷くと、また廊下を一歩先に歩き出した。

やはりこの世界に来てから、私は随分と出会う人に恵まれているようだ。

六、洗礼

ギルドのあちこちを巡ってから、宿舎への申し込みをするために受付まで戻ってきた。ギルド内は朝来たときよりもたくさんの人で賑《にぎ》わっている。私同様、なりたてのように見える者もいれば、使い込まれた武器を持った風格のある冒険者もいる。

朝にはあまり見かけなかった声の大きい荒くれ者も多く、私に無遠慮な視線を向けてくる人の数も増えていた。やはり早く容姿を隠すような服を用意した方がよさそうだ。

当面生活できるだけの資金を借りて、宿舎への申し込みが済んだところで、私はエリに深々と頭を下げた。

「何から何まですみません、助かります」

「いいのいいの」

エリは手を横に振って取り合わない。そしてふとまじめな表情になって、私の肩に手を置いた。顔が近くて少し目のやり場に困る。

「それに、私はハルカをチームに誘ってるの。これを忘れないでくれれば構わないわ」

「それは、はい、忘れないようにします」

私はなぜそれほど自分の勧誘に拘《こだわ》っているのか、今一つピンときていなかった。しかし理由のわからない親切よりは安心感がある。

しかしなぜこれほど念押しされるのだろう。忘れっぽいタイプか恩知らずにでも見えているのだろうか。そう考えてから、彼女に記憶喪失の話をしたばかりであることを思い出して勝手に納得する。

「それでこの後どうするの？　私は、仕事の報告をしたら宿に戻るけど」

私は依頼ボードの方を横目で窺う。朝はそこそこ人がいたので立ち寄りづらかったが、今は閑散としている。ギルド内はごった返しているが、落ち着いて依頼ボードを眺めることはできそうだった。

どんな依頼が張り出されているのかずっと気になっていたのだ。たどり着くには人ごみを乗り越えなければならないが、その労力よりも好奇心が勝った。

「ちょっと依頼ボードを覗《のぞ》いて、それから宿舎の部屋に行ってみようかなと」

「ふぅん、じゃあ一緒に見に行ってあげるわ」

エリの提案に対して私は首を横に振る。今更だけれど、こんな些細《ささい》なことで彼女をこれ以上拘束したくなかった。すぐそこにあるボードを覗くくらいは流石に一人でもできる。

「大丈夫です、ほんの少し覗いて戻るだけなので。私も子供ではありませんから」

「あのねぇ、そういう問題じゃなくて……。……ま、いいわ、一人になればわかると思うし」

何かを言いかけた彼女の言葉は、後半に差し掛かり小さくなって聞き取れなくなる。私はできる限りの朗らかな表情を作って彼女にもう一度礼を言う。

「今日は本当にありがとうございました。また、わからないことがあったら教えてもらえると嬉《うれ》しいです」

うまく笑えているかはわからない。元の体であった頃から人に笑いかけるのはあまり得意ではなかった。他人からみればもしかしたら口角が引き攣《つ》っているようにしか見えないかもしれないけれど、これが私にできる精一杯のお礼の気持ちだった。

エリが穏やかに微笑んだのを見て私はほっとする。気持ちが少しは伝わっただろうか。

「そんなにかしこまらなくていいわよ、用事がなくたって一緒にお茶しましょ。私たち友達でしょ」

顔を横に向けて少し照れ臭そうにそう言った彼女はとても可愛らしい。私の顔が変ににやついてはいないか心配で口元を手で覆う。

迂闊《うかつ》にもこんなに年下の女の子にちょっとときめいてしまった。このときめきはただ新しい友達ができて嬉しかっただけ、そういうことにしておこう。私は自身にそう言い聞かせた。

「ほら、早く見に行きなさいよ」

シッシッと手を振るエリに、私は口元を押さえたまま返事をする。

「はい、行ってきます。今度私がお金を稼いだら、そのお金で一緒にお食事をしましょう」

「もう、わかったから行きなさいよ」

そう言ってエリは壁に寄りかかり、私のことを見送ってくれた。

「どうせまた、すぐに合流すると思うけど」

エリが何かを言ったようだったが、喧騒《けんそう》の中に入ってしまった私にはよく聞き取れなかった。

そんなことよりも、先ほどのセリフがナンパと取られて気持ち悪がられていないかが少し心配だった。


ボードの前はともかくギルド内は混み合っている。私は気合をいれて冒険者たちの喧騒の海に船を漕《こ》ぎ出す。あっちで人にぶつかり、こっちで足を踏んで、すみませんすみません、といいながら歩を進める。

背の高いものやガタイのいいものが多く、しかも人に遠慮せずに歩いているため、それを避けるのがひどく難しかった。元の世界で駅の雑踏の中で人にぶつかることがあまりなかったのは、みんな互いに気を使っていたからだろうとはじめてわかる。こちらの冒険者はまるで遠慮がないから大変だ。人とぶつかることが苦ではないのだろうか。

ヤンキーがここにくれば、肩をぶつけて因縁付け放題だ。冒険者相手にそんなことをしたとして身の安全の保証はできないけれど。

とりとめのないことを考えながら、ようやく依頼ボード付近にたどり着くと、正面から胸のあたりに何かがぶつかってきた。

視線を下ろすとくるくるにカールしたお嬢様っぽい金髪の頭が、私の胸に埋まっていた。すぐに避けていきそうなものなのに、じっとその場にとどまってそのツインドリルは動かない。私がよけるべきなのだろうか。

「あの、大丈夫ですか？」

彼女はなぜか私の胸の中で目いっぱい深呼吸をしてから、必要もなさそうなのに両手で胸を持って、ようやくそこから顔をはなした。

一瞬ではあるが、なんだか目尻の下がった、言うなればエロ親父《おやじ》みたいな目をしていたように見えたが、次の瞬間には、きりっとした表情に戻っていた。きっと見間違いだったのだろう。

「あら、ごめんあそばせ！」

それだけ言うと彼女はスタスタと、誰にもぶつかることなく冒険者の間をすり抜けていく。いったいなんだったのだろうか。昼間のようにスリでもされたのかと思い、ポケットの中のお金を確認する。何かを盗《と》られた形跡はなさそうだ。では何だったのかと考えても答えにたどり着きそうになかった。

数歩前に進み依頼ボードを見上げる。

依頼は等級ごとに分けて貼られているようだった。

私たちだったらいったいどんな依頼を受けるべきなんだろうか。ボードをぼんやりと眺めてからその考えに違和感を覚える。

私たちというので私が想像したのは、今日パーティに誘ってくれた子たちのことだ。今日誘われた子たちにまだ返事もしていないというのに随分と気が早い。もしかしたら明日には彼らの気が変わっていて、パーティを組んでもらえないこともあるだろう。そうなったらとんだフライング間抜け中年だ。

勝手に期待をしたり、楽しみにしたりするのはやめよう。うまくいかなかったときにとてもつらい思いをすることになる。

そんなことを考えながら端から順に依頼を眺めていると、ガタイのいい男性たちの集団に声をかけられた。

「おい、あんたがラルフの女か？　どんなもんかと思っていたが、いい趣味してるじゃねぇか」

一瞬何を言われているかわからなかったけれど、じろりと全身を眺められてようやく合点がいった。きっとラルフ青年となにがしかのトラブルを抱えた人が、私と彼の関係を邪推して絡んできたのだろう。

「いいえ、私はラルフさんとそういう関係にありません」

ついでに中身はおじさんです。御勘弁願いたい。

はっきりと返答をしたものの、ゲラゲラ笑っているその男と連れ合いは、私の言葉に取り合う様子はなかった。話を聞く気がない相手をあしらう方法が思いつかない。

「なんだよ、依頼書なんか見つめて。冒険者の真似事《まねごと》でもしようってのか？」

こういった輩《やから》はまともに取り合っても何一ついいことがないのはわかっている。一番いいのは目につかぬようにして、関わらないことなのだが、それはもう手遅れだ。すでに、さようならお元気でと言って逃がしてもらえる状況ではなかった。

相手の言葉はできるだけ頭に残さないように聞き流す。変にむっとしたり挑発に乗ったりしては相手の思うつぼだろう。

この世界の会話の流儀は知らないが、馬鹿にされているのは間違いない。つまらない相手だと思っていなくなってくれることを信じて、怯《おび》えた仕草を見せぬよう、かといって挑発的にならないように気を付けて返事をする。

「ええ、冒険者登録をしたところなんです」

「うはははは、冒険者なんかより夜に道端《みちばた》に立ってる方がよっぽど楽に金を稼げるぜ！」

どうあっても絡む気満々だ。自分自身にではなく、ラルフ青年に対して不満がある冒険者なのだろう。ここまでいい人ばかりに出会ってきたが、いよいよそのつけがまわってきてしまったのかもしれない。

相手は武器をもって戦える装備もしている。とても敵《かな》う相手ではないだろう。しかしギルド内で起こった喧嘩《けんか》であれば誰かしらが仲裁してくれるに違いない。ここは冒険者たちの管理機構なのだ。新人がいびられているのを見逃すほど薄情ではないと信じたい。

「明日から皆さんと同じように冒険者として働いていくつもりなので、あまりいじめないでください。ご迷惑をおかけしないように気を付けますので」

下手《したて》に出て様子を窺う。逆らう気はありませんよ、つまらない人間ですよ、と精一杯アピールしているつもりだ。一人になった途端に絡まれたということは、ここまでは付き添っていたエリやラルフ青年が守ってくれていたのかもしれない。改めて感謝の念を込めて遠い目をしていると、男がイラついたように私の肩を強く摑《つか》んだ。痛みは感じなかったが、いよいよ手が出てきたことに焦燥を覚える。

「おい、随分余裕じゃねえか、俺のこと舐《な》めてやがんのか？」

「……いえ、決してそのようなことはありません。ただ、争いごとが得意ではないものですから」

肩を摑まれてから、しばらく待っても周りが介入してこない。視線を彷徨《さまよ》わせて周りの様子を確認すると、怖がってこちらを見ないふりをしている者や、面倒臭そうに離れていく者の姿が見える。いつの間にか私たちの周りから人がいなくなり、ぽっかりと小さな空間が広がっていた。

よく考えてみれば、どこまでが処罰の対象になるかなんて私は理解していない。

当たり前のように日本の法律と照らし合わせて暴力は犯罪だろうと思っていたが、争いの定義が自分の価値観とは異なっている可能性がでてきた。ちょっと小突いて怪我《けが》をさせるくらいはセーフ、後遺症が残るレベルだったらアウト、とかそういうレベルだと非常に困る。

これはもう土下座をするべきだろうか。情けないとか恥ずかしいとか言っている場合じゃない気がする。異世界に来ておやじ狩りに遭うとは思わなかった。

私は暴力と無縁の人生を送ってきたし、こんなときどんな風に対応したらいいのかがわからない。およそ今までの人生からは解決法を導き出せない状況に、私はただ流されることしかできなかった。

ただ固まって黙りこくった私の腕を男が鷲摑《わしづか》みにして歩き出す。

「少し思い知らせてやるか」

不穏な言葉をつぶやく男と、にやにや笑う取り巻きたち。

助けを求めようかとも思うが、知らない人たちに迷惑をかけるのはどうなのだろう。私のせいで巻き込まれて怪我なんかされては困る。

そのまま外へ連れていかれて、路地裏まで到着してしまう。

「あの、ホントすみません、何か悪いことがあったなら謝りますから、許してもらえませんか？お金とかはあまり持っていないのでお支払いできませんが……」

「じゃあ体とかで払えばいいだろ、むしゃくしゃさせた分な」

そう言って胸に手を伸ばされて、最初に感じたのは困惑だった。

男の胸触って楽しいのだろうか。

それから現実逃避のように、今日はよく胸を触られるなと思い、その先にようやく危機感を覚えた。

ああ、ダメだこれは、そういえば自分は女性の体で、どうやらかなり美人だから、これから起こることは想像もしたくないようなことだと気がつく。手が伸びきる前にそこまで考えられた自分を褒めてやりたかった。

私は一歩後ろに下がると、手を払ったりせずに挙手をして相手に告げる。

「あの、すみません。ホントにやめてもらわないと私も抵抗します」

男と取り巻きたちは目を見合わせたあと、どっと笑いだした。

やれるものならやってみろ、新人冒険者に何ができるんだ、と彼らは私を馬鹿にして笑った。

確かに新人冒険者なんていくら腕に覚えがあってもたかが知れているのかもしれない。日常的に命を懸けて仕事をこなすベテランからしたら子供のようなものだろう。まして人数差もあるし、当然の反応だった。男一人に取り巻き三人、誰もがしっかりとした体つきをした立派な男性が、きゃしゃな女性となった私に怯えるはずもない。

全員が笑いながら、やってみろとはやし立てる中、私は相手を傷つけることなくこの場を打開する方法を考える。

ウォーターボール。

訓練場で練習していたときは、ぶつけても大した威力が出ないし微妙だと思っていた。炎をまとうタイプの敵や、水で溶けてしまうような生き物に有効らしいのだが、それだとあまりに用途が少ない。

そこでもうちょっと何かの役に立てないかと考えたことがあった。うまくいけば比較的平和にことが解決するはずだ。

「水の弾、生《な》れ、増え、集え」

ウォーターボールの詠唱を始めた私を見て、男たちの間には笑いがさらに広がった。おかしくて仕方ないようで腹を抱えているものまでいる。

「うひひっひ、水をあてて風邪をひかせようってのかよ、こえぇこえぇ！」

「いくらでも撃ってみろよ、はははは」

そんな中で、私は間違わぬように丁寧に詠唱を続けた。待ってくれるのなら都合がいい。

「飛び、中《あた》り、留《とど》まれ、示す空間に」

ぶよぶよと形を変える水球が私の視線の先に生まれた。その数は四つ、全てが人の頭より少し大きい。上出来だろう。

私は笑い続ける男たちへ向けて、水を払うように手を振り最後の言葉を呟《つぶや》いた。

「いけ、ウォーターボール」

その水の塊は素早く宙を走り目的の場所にたどり着くと、そのままはじけることなく男たちの頭を覆った。不意打ちに驚いた男たちは手足をばたつかせてその塊をはがそうともがいているが、水を摑むことなどできない。

一般的に、魔法は対象にぶつかって何かしらの効果を発揮すると、すぐに消えてしまうそうだ。プログラミングのように、詠唱された通りに作用すると決まっているのだろう。では、その詠唱を変えてみれば、別の効果を発揮するのでは、というのが今回の発想だった。

数を増やすイメージを入れ、爆ぜずに留まるように命じる。それだけだったがうまくいって良かった。

不意に水の中に落ちたとき、人間はどれだけの間、呼吸を我慢できるだろうか。その答えが目の前に転がる。苦しんでいる様子を見ているのは気分のいいものではなかったが、手を抜いて即座に復讐《ふくしゅう》されるのも怖い。

ほんの三十秒ほどで、男たちは顔の周りをかきむしりながら地面に転がり、やがて動かなくなった。

それ以上長く水をとどめていると殺してしまうのではないかという恐怖にかられ、私は魔法を解除する。状況を乗り切ったことにほっとしてから、すぐに自己嫌悪に襲われる。他人を自分の意思で攻撃したという事実に心が苛《さいな》まれる。

倒れて動かない四人を見て、じわりとした不安が心の中に広がった。

自分の匙《さじ》加減次第で人を四人殺してしまうところだったのだ。

ちょっとした魔法の実験。嫌なことをされたからやる。みたいな気持ちでやっていいことではなかったのではないか。

「ちょっと、ハルカ、大丈夫？　って、何？　やっつけたの？」

エリの声が聞こえてきたが、焦りが大きすぎて意味として頭に入ってこない。どこかすごく遠くでラジオが鳴っているように聞こえ、ぼんやりとしか理解できない。緊張したり怒られたりしたときはいつだってこんな風だった。見えるものが小さくなり、聞こえる音が遠ざかっていく。

「ちょ、ちょっと、どうしたの？　なんか変よ、ハルカ！　なんかこいつらにされたの⁉　私が来るのちょっと遅かった⁉」

エリが大きな声を出して私の肩を揺さぶった。彼女の焦った表情を見て、逆に落ち着かなければという気持ちが湧いて、ほんの少し冷静さを取り戻すことができた。

私は倒れている男たちを指さす。手が少し震えていたが、体が言うことを聞くようになった。

「あの、あの人たち、生きてますよね？　私、殺していませんよね？」

「え？　大丈夫よ、別に。気絶しただけでしょ。そんなことよりハルカ、いいからあんたちょっとこっちにきなさい！」

エリはさっと男たちの様子を確認してすぐに私の手を取った。私は外に出たときと同様に、手を引かれるがままにその後をついて行くことしかできなかった。

七、苛立《いらだ》ちと後悔

トットはここ最近むしゃくしゃしていた。幼馴染《おさななじみ》の、密《ひそ》かに恋心を抱いていた相手が、ことあるごとに、ある冒険者の話ばかりするからだ。素朴なところが気に入っていたのに、ばっちりと化粧をして、そいつの話ばかりする。

「そんなやつより俺の方が強いぜ」とアピールしてみても。

「冗談は彼の等級を超えてから言って」と笑って返事をされるばかりだった。

そいつ、ラルフは戦闘力で言えば自分と大差がないはずなのだ。これはたまたま飲み屋で一緒になった一級冒険者の男が言っていたから間違いなかった。

ただ、本当は男がその後に続けた言葉があった。

「それでもお前より階級が高いってことは、見習うべき部分があるってことだからな」

耳障りだったその言葉を、トットはそのときに一気に飲み干した酒と一緒に忘れてしまっていた。都合の悪いことはいつだって酒を飲んで忘れてしまう。トットの悪い癖だった。

トットだって四級冒険者だ。見た目は三十過ぎに見られるが、実際はまだ二十歳だし、これから未来がある冒険者なのだ。バカにされてたまるか、見返してやるという気持ちで毎日冒険者活動に勤《いそ》しんでいる。

それでも幼馴染のあの娘から出てくる話は気に食《く》わない奴のモノで、自分は鼻で笑われるばかりだった。


その日もトットはよく選びもせずに依頼を受けて、がむしゃらにこなし、冒険者ギルドへ戻ってきた。それでなんとかなっている時点で、十分優秀な冒険者なのだが、肝心の想《おも》い人《びと》には評価をしてもらえない。

そこへたまに一緒に依頼を受ける気の合う奴らがやってきて、ムカつくあいつの話をしはじめた。依頼が終わってここに来るまでに、全員が一杯ひっかけてきたせいか、トットも含めてアルコール臭い集まりだ。

最初はまともに聞く気もなかったが、どうやら女絡みの話で、ダークエルフの女を連れて、親しそうに話していたと言うので少し気になった。その女が今日冒険者登録をしていたらしい。人の好きな女に惚れられておいて、他の女と仲良くしているのが気に食わなかった。

なんであいつばかり、と言う気持ちが募ってきたところで、仲間の一人が依頼ボードの方を指さす。

そこには一人の美しいダークエルフが立っていた。一瞬全ての感情を忘れて、見惚《みと》れてしまうほどに、凛々《りり》しく美しい女性だった。トットは首をぶんぶん横に振って、無理やり自分の感情を苛立たせる。あいつの女なんかろくでもないやつに違いないと、鼻息荒く、大股でそちらへ歩み寄った。

少し怖がらせてやろうと思って声をかけた女は、自分を前にしても少しも動じた様子はなく、淡々と返事を繰り返す。ムカつくあいつと比べられて、見くびられている気がしてトットは後に引けなくなった。

外へ連れ出そうとすれば流石に抵抗するか、助けの一つでも呼ぶだろうと思っていたのに、なんと引きずられるでもなく、一緒に歩いてくるではないか。やっぱりこの女は俺のことをバカにしているに違いない。トットはますます怒りを募らせ、もはや自分でもその感情を制御できない状態になっていた。

少し怖がらせるだけのつもりだった。余計なことをしてしまったと、胸に手を伸ばしたことを後悔していた。これはやりすぎだと思った。

抜いてしまった武器をどう収めるか思考を巡らせているうちに、女が手を挙げる。

「あの、すみません。ホントにやめてもらわないと私も抵抗します」

トットは少し考え、仲間たちと顔を見合わせて笑った。新人冒険者のしょぼい魔法を一発貰《もら》って、興が醒《さ》めたと立ち去ってやればいい。仲間を煽るように笑いながら、トットは冷静な頭でそう思っていた。

ウォーターボールの魔法を詠唱し始めたとき、周りにいる奴らはけらけらと笑ったが、トットだけは警戒していた。よどみのない、普通とは違う詠唱。女の目が、無機質に自分たちを貫いているように見えた。

そうして発動されて、浮かんだウォーターボールの数に、トットは戦慄した。

トットは知っているのだ。

魔法使いは基本的に一度に一つの魔法しか発動できない。同じ種類の魔法でも同時に複数発動できるものは、相当な熟練者だ。冒険者の中には三種類の魔法を同時に発動できる者がいるが、その人物は【三連魔導】と呼ばれる特級冒険者、つまり化け物である。だというのにこの女はウォーターボールを四つも発動している。

トットは目の前の水に溺れながら、ぼやけた視界の中、女の方を見ていた。女は表情を変えることなく、実験動物でも見るかのように、地面に転がる自分たちのことを見下ろしていた。がぼがぼと気管へ水が入ったのがわかる。薄れゆく意識の中、トットは手を出してはいけない相手に手を出してしまったことをひどく後悔した。

◆

私は、しばしエリに引きずられるように歩いていたが、ハッと我に返り歩みを止めた。先ほどの時点では死んでいないようだったが、肺に大量に水が入っている場合、そのまま亡くなることもあるのではないだろうか。先に進んでいたエリがのけぞるようにして止まり私を振り返る。

「ちょっと、なんで急に止まるのよ！」

「戻ってあの人たちに水を吐かせます」

溺れたものをどうやって助けたらいいのかわからないけれど、確認しなければ気がすまなくなっていた。私が踵《きびす》を返して歩き出しても、エリは摑んでいた手を放さない。エリが騒ぎながらもついて来てくれるようだった。

「ちょっと、あんなのほっとけばいいじゃない、ハルカ！　もう、え、なに、力つよっ！」

転がっている四人を見つけると、そのうちの一人の体を横に向けて、背中をバンバンと叩く。それが正解かは知らなかったが、むせたときなんかはそうして異物を吐き出させると聞いたことがあった。ため息をつきながらも少し離れたところでそれを見守ってくれているエリが心強い。

やがて男が咳《せき》をして、水を吐き出し、ぼんやりと目を開けた。エリの言う通り、さほど大事にはなっていなかったようだ。

男を壁に寄り掛からせるように座らせると、ほかの男たちも同じように介抱する。

全員がしっかりと水を吐いたのを確認して、私は最初の男の頬をぺちぺちと叩いた。一発目が、自分でも思った以上に力が入ってしまい、手の跡が残ってしまった。緊張して力加減を間違えてしまったらしい。申し訳ないことをした。

反応が返ってこないのが心配になり、頬を叩くのをやめて肩をゆする。

「すみません、すみません、大丈夫ですか？」

しばらくそうしていると男が唸《うな》りはじめ、やがてうっすらと目を開ける。その焦点が合ってしっかり目も合い、私はようやくほっと息をついた。

「すみませんでした。何かご要望があれば伺います」

正当防衛にしてはやりすぎたと思って謝罪をする。もし男たちが怒っているようだったら、少しくらいの賠償はするつもりだった。

◆

トットが目を覚まして思ったことは『やばいこいつまだ怒ってる』だった。

覚醒しきらない意識の中、ただめちゃくちゃ背中と頬が痛いと感じていた。何が起こっているのかわからないが、肩を揺さぶられて目を開けると、さっきのダークエルフの女が顔を覗き込んでいた。

女は相変わらず無表情にトットを見つめて語り掛けてきた。

『何かご要望があれば伺います』という言葉を、トットたちチンピラ組の言葉に変換するならば『まだやんならやったんぞコラ』だ。

体の震えを隠すこともせずに、トットは地面に身を投げ出す。一刻も早い謝罪が必要だと、トットの冒険者としての勘が警鐘を鳴らしていた。背中が、頬が、焼けるように痛い。気絶していた間に焼きごてでも押し付けられたのかもしれないと思った。

「ごめんなさい、俺が悪かったです、なんでもするので許してください」

「え、あ、はい。別に、元気ならいいんですが」

「はい、元気に働きます。悪いこともしません」

「そうですか、それは良かったです」

突然変貌した態度が怖くなり、ハルカはそそくさとその場を離れた。傍《はた》から見ていたエリだけが、何が起こったのかを理解して必死に笑いをこらえる。

エリはこれからのことを考えてこの誤解を解くことはしなかった。余計なことを言わずにハルカの手を取り、土下座の姿勢から動かないトットを置いて、そのままギルドの中に戻っていく。不思議そうにトットやエリのことを見るハルカが面白くて、エリは自然と笑顔になっていた。

その日の夜から、ハルカの周りにはいかつい舎弟が四人うろつくようになった。ハルカはそんなことを望んでいなかったが、付き纏《まと》ってくるものにはっきりとノーを言うだけの強さもない。周囲から奇異の目を向けられて恥ずかしかったので、やんわりとやめて欲しい旨を伝えてみるが、相手に伝わった様子はなかった。

ハルカは、夜の食堂で大男たちに囲まれて「姐《あね》さん、姐さん」と慕われながら、あのとき水を吐かせるために戻らなければよかったと、ほんの少し後悔していた。

八、結成

鐘が鳴る音が街中に響く。

寝起きのぼんやりとした意識に割り込んできた音を聞いて、朝になったのだなと気づいた。耳に聞きなれない鳥の鳴き声が絶え間なく飛び込んでくる。どの世界だって鳥は朝から元気だ。

今はまだいちいち世界の違いに思いを馳《は》せているが、いつかこの鳥の鳴き声も聞きなれて何も思わなくなるのだろうか。

元いた世界に強い執着があるわけではなかったが、もう戻れないのだろうかと考えると、少し寂しい気持ちにもなる。もしあちらに大切な人がいたら、執着するものがあったら、私は今、もっと必死になって帰りたいと願うのだろうか。離れ離れになってしまう相手の気持ちを想像して、そんな相手がいなくてよかったとも思った。

「……起きよう」

言葉に出してはっきりと意識を覚醒させる。ぼんやりとした意識は、今の宙ぶらりんな精神状態には毒にしかならない。

仰向《あおむ》けの姿勢から腹筋の力だけで体を持ち上げた。前の体だったらこんなにスムーズに体を起こすことはできなかったはずだ。足を上げてバタバタ動かし、唸り声をあげながら起床。そのことを思えば、この体は実に快適だった。

昨日はあのままトットたちに夕食をおごってもらった。

エリは今一つ納得いかなそうな顔で、私よりもバクバクといろんなものを飲み食いしていた。女性の体に気安く触れようとしたことに嫌悪感があったらしい。確かに女性冒険者という身の上を思えば安易に許せることではないだろう。

その体のどこにそんなにたくさん食べ物が入るのかと言わんばかりの食べっぷりを見て、トットが悲しそうに財布を開いていたのを覚えている。

トットはその後何度も謝罪を繰り返していたが、やがて酔いが回ってくると、自分の事情を愚痴交じりに話しだした。途中取り巻きの連中、デニスにドミニク、ローマンが何度も茶々を入れるものだからそのたびに話が中断されて、聞き終わるまでには随分と時間がかかった。男の嫉妬は醜いと思いつつも、気持ちはわからないでもない。

トットはしっかりと反省しているようであったが、他の三人はけろっとした顔をしていて、あまり反省した様子はなかった。長いものに巻かれて生きている調子のいいタイプなのかもしれない。

解散する頃には私も彼らに対する扱いが随分と雑になってしまっていた。本人たちは仲良くなったと喜んでいるようだった。冒険者同士の関係というのは、これくらい雑でちょうどいいのかもしれない。

よくわからない集団飲み会を終えた後、エリに部屋まで案内してもらい、朝までぐっすり休んで今朝というわけだ。

冒険者ギルドの宿舎は、小さな部屋が長い廊下に対面でいくつも並んでいる。中は四畳半くらいで、使い古されたベッドときしむ小さな椅子、それから気持ちばかりのデスクが置いてある。窓際には紐《ひも》が結ばれていて、そこに洗濯物を干すことができるようになっていた。

昨日の夜に肌着だけは水で洗わせてもらったが、そろそろ服もどうにかしなくちゃいけない。体臭は気にならず、フローラルな香りすらしている気がしたが、こういうのは自分ではわからないものだから油断は禁物だ。それから、体を動かすと胸が揺れて気になるので、こいつもなんとかならないものかなと思っていた。

今日はまずアルベルトたちに会いに行きたい。そうして一緒に冒険をすると伝えたいのだけど、いったいどこで落ち合えばいいのかがわからなかった。

携帯電話がないというのは実に不便である。ほんの数十年前まではなくても困ったことはなかったはずなのだけれど。人間、贅沢《ぜいたく》に慣れるとなかなか元には戻れないというのは本当だ。子供のときはどうしていたのだったかなと頭をひねってみたが、固定電話の番号を覚えていただけのような気もする。

いい案は思いつかなかったけれど、食堂で待っていればそのうち会えるだろうという結論に達した。彼らだって新人冒険者だし、似たような暮らしをしているはずだ。

服を着こんで外へ出てドアにカギを差し込む。使い古されたカギは少し歪《ゆが》んでいて、しっかり一回転させるのに苦労した。

食堂のよく日の当たる場所に、目立つ黄緑色の耳と尻尾を見つけることができた。朝食にパンとスープを貰い、モンタナの前に腰を下ろす。モンタナは私と同じように食事を貰って来ていたが、食べることもなくぼーっとしている。何をしているのだろう？

「おはようございます、モンタナ」

モンタナは声をかけられて視線が初めて動き、それがゆっくりと私の姿をとらえ、二度、三度と瞬《まばた》きをした。

「寝てたです、おはようです」

昨日から変わった子だなと思っていたが、どうやら彼は目を開けたまま寝ることがあるらしい。獣人族の特性かもしれないので突っ込みを入れたりはしないけれど、瞼《まぶた》があるのにそんなことがあるのだろうか。

「昨日の返答がしたかったのですが、アルベルトやコリンはこちらに来ますか？」

「わかんないですけど、朝なので来ると思うです」

「じゃあのんびり待たせてもらいます」

しばらくの間、ぽつぽつと話をしながら食事をとる。モンタナはあまり積極的に話したりしないが、こちらから話しかければ案外きちんと相槌が返ってくる。

食べ終わった頃に、ようやくコリンと髪がぼさぼさのアルベルトが食堂へ入ってきた。

コリンはすぐに私たちに気づいたようで、そのまま駆け足で近寄ってきて元気良く挨拶をしてくれる。

「おはよう、二人とも！」

後ろからだらだらと歩いてくるアルベルトを置いて、コリンがさっさと私の隣に座った。朝食を持っていないけれど、どこかで食べてきたのだろうか。

「お食事は？」

「外で食べてきたから大丈夫！　それより、どうなのハルカ」

「そうだよ、どうなんだ、ハルカ！」

食べ物を適当にとってきたアルベルトは、モンタナの横に腰を下ろしてすぐに身を乗り出した。

「ええ、その話をしようと思っていました。お返事待っていただきありがとうございます」

言葉を切ると、まっすぐな視線が三つ私に向けられる。私の返答をじっと待ってくれるのが可愛らしく微笑ましい。

「良かったら私もあなたたちのパーティに加えていただけないでしょうか」

別に本格的にチームを結成して拠点を持とうというわけではないのだ。

せっかく一緒になったのだから一緒に頑張ろう、程度のパーティ結成である。きっと受け入れてくれるだろうとわかっていても返答を待つ間は緊張する。

「よっしゃ、よろしくな！」

「やった！　よろしくね、ハルカ！」

「です」

三人の歓迎に気持ちが和らぐのがわかった。同時に、これから冒険者として活動していくことに対しての期待が一気に高まる。仲間を作って依頼をこなしていくなんて、まるで物語の登場人物のようではないか。

興奮する気持ちを抑えながら、私は三人に提案を投げかける。

「昨日、依頼ボードをちょっと覗いてみたんです。食事を終えたらみんなで一緒に見に行きませんか？」

「よし、行くぞ。ちょっとだけ待ってろよ」

「早く早く！」

私の提案にアルベルトは慌ててパンを口に詰め込んで、スープでそれを流し込んでいる。急《せ》かすコリンに、尻尾を揺らし立ち上がるモンタナ。誰もが楽しそうに目を輝かせていて、この興奮が自分だけではないことが、なんだか無性に嬉しかった。

九、集合

　興奮を隠しきれない様子のアルベルトが、先行して依頼ボードへと向かう。廊下から受付の脇へと出てくると、そこには不機嫌そうな顔をしたラルフ青年と、これもまた不機嫌そうな顔をしたエリが立っていた。

　近寄りがたい雰囲気を出しているのだが無視するわけにもいかない。昨日の今日であるし、私の話をしている可能性は高いだろう。仲間に断りを入れてから二人の方へ走る。

「おはようございます。ご機嫌ではなさそうですが……」

「おはようございます、ヤマギシさん」

「おはよ、ハルカ」

　一瞬で笑顔を作って振り向いた二人は、私の方を向いたまま会話を続ける。ひどく険悪な雰囲気だ。

「あら、知ってる？　ヤマギシってハルカのファミリーネームなのよ？」

「…だからなんですか？　もしかしてそれくらいのことでマウント取ってるんですか？　しょうもな」

　元々知り合いなのか、それともここまでですでに散々言い争いをしていたのか、ラルフ青年の言葉にも棘《とげ》がある。規則的にタンタンと聞こえる音は、彼のつま先から発せられていた。エりはくるくると髪を指先に巻きつけており、やはりイラついているのがわかる。

「そもそもなんでエリさんからヤマギシさんの色々について聞かなきゃいけないんですか？　直接聞くんでちょっと引っ込んでてもらえます？　ね、ヤマギシさん」

「残念でした。話はもうついてるんです、アンタこそ引っ込めば？　ね、ハルカ？」

『私のために争わないで』みたいな状況に私は思わず額に手を当てた。魔素酔いでは頭が痛くならないが、面倒なことに遭遇すると頭痛を覚えるらしい。

ラルフ青年がイラつくのも仕方がない。昨日のうちに私から声をかけて、理由を説明しておくべきだったのだ。バタバタしたせいで完全にエリに任せきりになってしまったのがよくなかった。

自分のせいで他人が争っているというのは結構心に来る。知らないこの世界で親切にしてくれた二人だ。

「私からお伝えするべきでした。ラルフさんには嫌な思いをさせてしまい申し訳ありません」

ラルフ青年の方を向いて深く頭を下げる。言い争いが止まったのがわかり、私はそのまま言葉を続けた。

「恩知らずな行為だったと思います。宿を引き払ったのは、これ以上余計な負担をかけたくなかったという理由もありますが、無一文のまま私の負債が膨らんでいくのが怖かったという身勝手な思いもありました。どちらにしても、エリの親切に甘えたのは私です」

「や、いや、そんな、ヤマギシさんに怒っているわけでは……」

「そ、そうそう、私が無理やり引き受けたようなもんだし」

今まで喧嘩をしていたはずの二人がそう言って私のことを庇《かば》ってくれているが、どう考えてもこの争いの原因は私だ。その言葉に甘えるわけにはいかない。

「いえ、お二人は何も悪くありません。人の親切に無遠慮に寄りかかりすぎました。責任のある大人として恥ずべき行為です」

慣れない世界だからと言い訳して、親切に甘えすぎたのかもしれない。

なおも言葉を続けようとしたところで、遠くから私の名を呼ぶ大きな声が響いた。誰だろうと顔を上げると、昨日の一件で知り合った四人組がギルドに入ってまっすぐこちらに向かってくるのが見えた。

「ハルカの姐さーん！　おっはようございまーす。お、なんだなんだ、誰に頭下げさせてんだてめえ、ぶっ殺すぞこら、あ？」

「まてまてまて、よく見ろ、こいつラルフだぞ、やっぱり姐さんを食い物にしようって魂胆だったか！　制裁！　制裁！」

「残念だったな、俺たちが来たからにはそうはさせねえ、ただじゃすまさねぇぜ！」

「やめろお前ら、むやみにつっかかんじゃねえ！」

デニス、ドミニク、ローマンがラルフ青年を取り囲み、状況を理解できていないトットが慌てて取り巻きの三人を諭す。昨日の一件を経て、すぐに喧嘩を売らないように気を付けているのかもしれない。

「姐さん？　なんだそれ。ハルカの知り合いか？」

「ええ、知り合いなんですが、あの、今まじめな話をしていて……」

先にボードの前ではしゃいでいたアルベルトまで交ざってきて、私のジャージを引っ張って、なーなーと繰り返す。場が混とんとして収拾がつかなくなってしまった。どうしたものかと頭を抱えそうになっていると、後ろから床板をカツンと鳴らす音が響いた。

全員がそちらを一斉に見ると、受付のお姉さんが顎を上げこちらを睨《にら》みつけている、眼鏡をくいっと上げた彼女は、私たちの視線をものともせずにはっきりと言ってのけた。

「受付前で騒がれると邪魔になります。よそでやっていただけますか？」

私たちは互いの顔を見合わせて、逆らうことなくすごすごとギルドの端へと場所を変えることにした。受付のお姉さん、怖いけれどちょっとかっこいい。

十、プレゼント

場所を変えて最初に口を開いたのは、取り巻きの一人であるデニスだった。

「そういや俺ら、姐さんに服買ってきたんすよ」

がさがさと包みを取り出して差し出されたものを受け取る。昨日の夕食時に『替えの服がない』と話したことを覚えていてくれたらしい。

「貰っていいんですか？　お金払いますよ」

律儀な子たちだ。我ながら単純だと思うけれど、こうやって親切にされてしまうと、昨日のことなんてどうでもよくなってしまう。

紙を開いて服を広げてみる。麻色のパンツに紺色っぽいチュニックが二揃《ふたそろ》い。それから黒色のフード付きローブが入っていた。ジャージ姿は明らかに目立っていたから、非常に助かる贈り物だ。これならばその辺を歩いていても変に注目を集めたりしないだろう。

「や、ホント昨日のお詫《わ》びなんで、受け取ってもらいたいっす。高いもんでもないんで、使ってやってください」

トットは頭を軽く下げて私に頼むようにそう言った。それに続いて取り巻きの三人もそろって頭を下げる。

適当なことばっかり言っていた取り巻き三人組も、思っていたよりも反省していたのかもしれない。突っ返すのも違う気がしてきて、私はありがたく贈り物を受け取ることにした。なんとなくではあったが、後輩や部下たちを彷彿《ほうふつ》とさせる姿に微笑ましい気持ちになる。

「では、いただきます。えーと……、ありがとうございます」

私が礼を言うと、トットたちは各々頭や鼻の先をかいて、へらっと表情を崩した。話が丸く収まったかと思ったところに、ラルフ青年が口を挟んできた。

「昨日ハルカさんに絡んだらしいとは聞いてたが、何があったんだ？」

じろりと四人組を睨みつけるラルフ青年を、ひるむことなくトットが睨み返す。

「……うるせぇな、てめぇには関係ねえだろ」

「そうよ、あんたには関係ないでしょ。あとどさくさに紛れてハルカの名前呼んでんじゃないわよ」

なぜか別のところから応援が入った。エリに言われて気がついたが、先ほどまでヤマギシさんと呼ばれていたはずなのに、しれっと下の名前で呼ばれている。皆がそう呼んでいるから嫌なわけではないのだけれど、モテ男特有の器用さを感じた。

それにしてもトットは本当に彼のことが嫌いなのだろう。とげとげしい雰囲気を隠そうともしない。

また喧嘩がはじまりそうな予感がして、私は仕方なく間に割って入る。

「……その辺でお願いします。ラルフさんもご心配ありがとうございます。街まで案内してもらっただけでなく、その後も気を使ってくださっていること、感謝します」

話題を自分のものに戻し、トットへの関心をそらす。先ほどのこともそうだが、自分の周りで争い事が起こっていると落ち着かない。

「そういう問題では……。ああもう、まあいいです、わかりました。ハルカさんの顔に免じて、そういうことにします」

ラルフ青年は頭をがりがりとかきながら大きなため息をついた。気持ちを仕切りなおしたのか、首を振るとにこやかな表情を浮かべて新たな提案をされる。

「細かいことは置いておきましょう。今日はハルカさんが依頼を受けるのであれば、ご一緒しようと思って待っていたんです。良ければ丁度良さそうな依頼を探しますが」

緊張した面持ちで告げられると、私の方も身構えてしまう。もうパーティに加入することを決めているので、お断りしないといけないのだけれど、アルベルトはいつの間にかまた依頼ボードに夢中になっているし、モンタナは床に座り込んでこんこんと石を削っている。パーティの中でまともに話を聞いていたのはコリンだけだ。

「えっーと、ハルカはそのー……」

小さな声でコリンが戸惑うように声を上げた。私とラルフ青年のことを交互に見ているのはなぜだろうか。冒険者の等級を考えればきっと断りづらいのだろう。年下の子にやらせるのではなく、ちゃんと自分で断らなければいけない。

「なんかタイミング逃しちゃったんだけど、これあげる」

悩んでいるとエリから肩を叩かれて、何かを差し出された。コリンが戸惑っているのを見て、話題を変えてくれたのだろうか。押し付けられたものは紙袋には違いなかったが、先ほどと違ってやけにかわいらしい色をしている。

「必要でしょ、肌着。サイズは多分あってるわ。お金はいらないから、買ったの私じゃないし」

ふいっと後ろを向いたエリの視線を追うと、そこには見覚えのある人物が立っていた。昨日私の胸の中で深呼吸していた金髪ツインドリルだ。鼻息を荒くしてこちらにサムズアップしている。

なぜだろう。可愛らしい女の子だというのに、若干の気持ちの悪さを覚えた。

「うちのクランのマスター。ハルカのこと気に入ったみたいよ。綺麗な人が好きなの。二人きりにならないように気を付けてね」

昨日トットたちに囲まれたとき以上に身の危険を感じる。なぜ二人きりになってはいけないのか聞き返す勇気は出ない。右手を恐る恐る上げて、サムズアップに反応を返した。両手で顔を押さえて首をぶんぶん振っている彼女の姿からさっと目をそらしてエリに話しかける。あれは多分見ちゃいけないものだ。

「クランっていうと、一級冒険者の方ですか？」

「そうよ、クラン【金色の翼】のマスターね。普通に接している分にはそんなに害はないわ」

クランというのは、冒険者チームが所属する、さらに大きな集団のことだ。拠点を構え、目的を共にすることが多いらしい。

クランを作るにあたっては、ギルドの公認がいる。荒くれものが集まりすぎないようにするためだったり、不正な等級上げを防いだりするためだろう。面倒な制約があるが、その代わりに、実力を認められたクランに直接依頼が来ることもあるんだとか。

私が彼女の等級を当てることができたのも、クランを立ち上げる条件が〈一級冒険者以上であること〉だからだ。小さな子供のように見える彼女が、冒険者の中でもトップにあたる一級冒険者とは、見た目はあてにならない。

冒険者集団の呼称は複雑だ。確認のために私はこっそり手帳を開いた。

・パーティ…依頼を受けるたびに組み直すもの

・チーム…ギルドに登録した固定パーティ
・クラン…チームがいくつか集まって作られたギルド公認の集団（都市にいくつかしかない）

クランの主ということはかなりの実力者に違いない。変態的な視線を向けてきている彼女がそうであると聞くと、なんだか余計に怖かった。

「それで、どうです？」

ラルフ青年が私の顔を覗き込むようにして尋ねてくる。

距離が近かったので普通に体を引いた。普段であればさほど気にもしないのだが、告白まがいなことをされていると、どうしてもそれを意識してしまう。申し訳なく思いつつも、ラルフ青年を相手にするときは、パーソナルスペースは常に広く持っていたい。

「すみません、実はすでにパーティ活動をする約束がありまして……」

「そうだそうだー」

私の後ろに隠れたコリンが顔だけ出して抗議する。

ことがうまく進まないことに不満もあるだろうに、彼は笑顔を崩さずに軽い調子で私に話しかける。

「じゃ、仕方ないですね。でももし何かあったら、まずは最初に俺を頼ってくださいね」

さっと身をひるがえすと、ラルフ青年はすたすたと冒険者ギルドから出ていってしまう。彼の希望を聞けないことに申し訳なさはあったけれど、借りのある状態で一緒に活動すると、変に遠慮してしまって気まずいことになるだろう。

「キザな奴」

私が心の中で謝罪をしていると、隣からそんな言葉が聞こえてきた。目を向けるとエリが苦虫を噛《か》み潰したような表情になっていた。トットもそれに続いて鼻を鳴らす。

ラルフ青年は親切で悪い人とは思えなかったが、ここには彼の味方が少ないようだ。

「やっぱむかつくわ、あいつ」

「あー、良かった！　ハルカを横取りされるかと思った」

安心したように声を上げたコリンが、私の腰に抱き着いてくる。思わぬ行動に私は中途半端な位置に腕を上げて固まった。満員電車に乗って通勤するサラリーマンの習性だ。私は痴漢ではありませんというアピールだった。

どうやら私は、まだまだこの世界にもこの体にも、慣れることができていないようであった。

〈閑話　山岸遥《やまぎしはるか》という男〉

山岸遥は鍵っ子だった。

その当時では珍しかった、共働きの両親のもとに生まれた。何不自由なく育ったが、やや愛情に飢えた子供であった。家のことはもっぱら家政婦さんがやってくれていて、両親の姿を見るのは休みの日だけだった。

父と母は仲が良かったし、イベントごとにはきちんと休みを取って顔を出してくれる。自慢の両親だった。だからこそ、たまにしか話を聞いてもらえないのは寂しかったが、小さなときから慣れてしまっていて、遥は、自分の寂しいという感情にも気づいていなかった。

遥は本を読むのが好きだった。

本の中にいるヒーローに、派手な活劇に、夢あふれる魔法にあこがれた。

いつか自分もそうなりたいと思っていた。正しいことをしていれば、仲間がたくさんできるのだと信じていた。

正しいことを率先して主張することこそが、信頼し合える仲間を作る近道だ。誰もが理解し合えると信じていた。悪者は改心するし、ライバルとは手を取り合えるはずだった。

物心つき、いざ集団で生活しなければいけなくなったとき、遥の計画は早々に頓挫した。

自分の正義を主張してみても、思ったように同意を得られなかった。
自分が正しいことをしたと思ったとき、誰も振りむいて見てはいなかった。
自分の主張した正義を使って、誰かをいじめる人がいた。

正しいと思うことを主張するほど、遥は同じ年頃の子たちから煙たがられた。当然のことだ。

清廉潔白で居続けることは難しいし、理性をもって善悪の判断をしろなんて、一桁の年齢の子に強《し》いるのは酷だ。

遥には、なぜみんなが正しいことをしないのかが理解できなかった。理解できないながらも、自分がみんなから嫌われていることは、なんとなくわかってしまった。

遥は悩みに悩んだが答えは見つけられず、尊敬している両親に相談することにした。

夕食を終えて、リビングの椅子に座り、プラプラと足を遊ばせながら両親の帰りを待つ。大人用にあつらえられたこの椅子は遥には少し大きいのだ。

尊敬する彼らのことだから、きっと自分の納得してくれる回答をくれると確信していた。それですべてが解決するのだ。自分が間違っているのなら、正しい答えを貰《もら》えばいい。明日からはきっと、友達ができて、楽しい毎日が始まるはずだった。

しかし、帰ってきた母から貰った最初の一言は「なにしてるの、早く寝なさい」という叱責であった。

いつもいい子にしていて、約束を破ったことのなかった遥は、はじめて怒られたことに頭が真っ白になってしまった。涙がにじんで、景色がぐにゃんと歪《ゆが》む。それでも、どうしても聞きたいことがあった遥は、何かを言おうと口を開いたり閉じたりしている。

母のため息に、体をビクンと揺らしたところで、父が帰ってきた。

父も遥がこんな時間まで起きていたことに良い顔はしなかった。

しかし遥は諦めなかった、どうしても聞きたかった。時間をかけてなんとか絞り出した質問に帰ってきた答えは散々だった。

「そんなくだらないことを言ってないで、早く寝なさい」

遥の期待や夢で膨らんでいた風船は、このとき、針で刺されて破裂した。にじんだ涙をぬぐって、遥は自室へ戻った。両親から『これ以上嫌われたくない』と思って、心を塞いでしまったのだ。

毎日働いていればひどく疲れた日や、嫌なことがたくさん起こる日だってある。

彼の両親にとって、この日がたまたまそうであった。

一世一代の相談をするには、タイミングがとても悪かった。ただそれだけの話だった。

それでも、子供にとって取り返しのつかない瞬間というのは、確かに存在する。

この日を境に遥は、怒ったり泣いたりしなくなった。自分の考えや、感情というものが、人に悪い影響を与えると思い込んでしまった。

年長者の言うことには何一つ逆らわない。何の手もかからない、とてもいい子になったのだった。

遥の悩みには誰も気づかない。

遥も自分の悩みは、きっと些細《ささい》なことに違いないと思い込んだ。そうしていつしか、遥の生き方を左右したこの一件を、自分ですら思い出すことをやめた。思い出すと胸が締め付けられるようなこの体験を、遥は無意識のうちに記憶の外へと追いやってしまった。

反抗期も訪れず、高校生になっても、遥は変わらず優等生であった。

人の顔色を窺《うかが》うのがうまくなり、相手が嫌がる部分には深く踏み込んでいかない。そのスタンスは、同級生から大人っぽいと思われたようで、評判はそれほど悪くなかった。

そんな遥にも年齢相応の青春が訪れる。

クラスの中でも、元気いっぱいの、人気のある女の子に告白をされたのだ。

あからさまな好意を初めて向けられた遥は、どうしたらよいのかわからなかった。

遥は嫌われないように努力していただけで、自分から好きとか嫌いとかいう感情を持たないようにしていた。だから自分が彼女のことを好きなのかどうかもわからなかった。

嫌いではない。彼女を傷つけることも嫌だ。

結果、遥は彼女と付き合う運びとなった。

彼女は明るく元気で、共に過ごす日々は好ましかった。人から必要とされていることが嬉《うれ》しかった。

いつもより笑顔が増え、こんな毎日は素敵だなと思っていた。彼女と付き合っていた期間は、遥にとって、最も穏やかで幸せな時間であった。

しかし半年も過ぎた頃、その楽しい生活は唐突に終わりを告げた。

「面白くない」

「何を考えてるのかわからない」

「遥君からは何も提案してくれない」

「私のこと好きじゃないんでしょ」

そんなことはない、遥は彼女を大事にしていたつもりだし、一緒にいる日々も楽しく思っていた。始まりはともかく、今は確かに彼女のことが好きだった。

咄嗟《とっさ》に何か言おうと思って口を開きかけて、結局遥は何も言えなかった。

だって、彼女は少し怒りながら泣いていたのだ。

それは遥が作り出した負の感情だ。遥が関わらなければ、発生しなかったマイナス方面への心の動きだ。きっと一緒にいれば、いつかまた彼女を傷つける。何が悪かったのかわからないが、こんなとき、誰も答えをくれないことだけは、遥は経験として知っていた。

遥は諦めた。それで彼女がいつか自分のことを忘れて、幸せになってくれたらいいと思った。

何も言えないまま、幸せな日々が終わった。

遥は以前にも増して笑わなくなった。

冗談も言わないし、人が楽しそうにしているところにも近づかなくなった。

いつか何かの間違いで、また自分のことを好ましいと思ってくれる人ができて、その人を傷つけてしまうのが嫌だった。自分が我慢していれば、誰も傷つかない。

まともな感性を持っていれば、彼女が泣きながら怒っていたときに、ちょっとしたすれ違いだと気づくことができたはずだ。「そんなことはない」と声を張り上げることができたかもしれない。

しかし遥は相手の言葉を否定するのが怖かった。自分が加害者になるのが怖かった。そうして遥は、また一つボタンを掛け違えた。


大学生になり、ますますゲームや物語が好きになった。

道筋が示されているし、自分が心から楽しんでいても誰も傷つけることがないからだ。

たまに寂しいと思うときもあったが、辛《つら》いと感じるほどではなかった。

やがて遥は、自分が元から孤独を好む人間であると思い込むようになった。

少しずつ、自分が何に傷ついていて、何を恐れてこうなってしまったのかを忘れていった。時間が彼の心を癒やしたとも言えるし、棘《とげ》を抜かぬまま傷口が塞がってしまったとも言えた。

会社に就職した頃だった。

両親が結婚記念日の旅行に出かけて、そのまま帰ってこなかった。

高速道路で玉突き事故に巻き込まれたのだ。

遺体はひどい状態で、とても遺族に見せられる状態ではないと聞いた。

何が何やらわからないうちに葬儀は終わり、誰もいなくなって部屋に一人になってから、遥は初めてポロリと涙を流した。

自分は両親に何か孝行をしてやれたのだろうか。

誰もその疑問に答えてくれる人はいなかった。


遥はそれからおよそ二十年、ただ働いて、家でゲームや漫画や小説を消費する毎日を送っていた。

正しいことがしたかった。

自分を曲げるのが嫌だった。

人を傷つけるのが嫌だった。

人を悲しませるのが嫌だった。

でもどうしたらいいかわからなくて、すべてのことにできるだけ触れないようになった。

遥はただ、善性の人間であろうと努力していた。

感情表現が下手で仏頂面でも、良い結果だけを示すことができれば、嫌な思いをする人も減るはずだ。自分の評価はどうでもよかった。何にもなりたくなくなっていた。

世の中が間違っていると感じても、自分の周りにいる人だけは、傷つかないようにフォローすればいいと思っていた。

貧乏くじを引いても、他人が悲しまなければよかった。

そうやって生きるように、常に自分に強いてきた。


山岸遥はそんな人間だ。

しかし世界を渡り、体が変わったとき、気持ちが妙にすっきりとしてしまったのだ。

誰も自分を知らない。

積み上げてきた常識がないせいで、他人の考えを読み取ることも難しい。

そもそも自分《ハルカ》が本当に自分《遥》なのかすら曖昧だ。

すべてがリセットされたとき、遥の心の奥で傷つき眠っていた少年の心が、ゆっくりと目を覚ます。

ハルカ=ヤマギシは仏頂面だが、臆病で、お人よしで、善良な人間である。

今はまだ、山岸遥と大差ない性格をしていたが、少しずつ心が、別の人間であるかのように変わり始めていた。

〈討伐依頼〉

一、冒険者ランク

私は足早に食堂へ向かっていた。焦りからではなく、仲間たちに早くいい知らせを報告したかったからだ。

冒険者登録をしてからすでに三ヶ月が経《た》つ。その間、下積みと言われるような仕事を毎日こなし、日銭を稼いで暮らしていた。

十級冒険者が受けることができる依頼には、およそ冒険者らしいものは存在しない。アルベルトに言わせれば『雑用係』だ。

十級冒険者に限らず、下級の冒険者というのは確かに、街の『雑用係』だ。信用できるのか、役立ちそうなのか、どんな方面なら役立つのか、そんなことを見分ける期間でもあるので、危険度や機密度の高い依頼を受けられるわけがなかった。

まずは土木作業や、運搬を日雇いでこなし、冒険者としての実績を積む必要がある。

逆に言えば、信用があって役に立つ人物なら、あっという間に階級が上がっていく。

実力主義の、冒険者や商人らしいシステムが構築されていた。

冒険者は依頼者による評価を貰《もら》うことで、少しずつ階級を上げていくのだが、この評価は依頼達成後に冒険者本人も知ることができる。そのため依頼者も下手な評価をつけることができない。

冒険者から恨まれるのは面倒だし、悪いうわさが広がると、今後、仕事依頼を出したときに、受注してもらえなくなるからだ。対して冒険者も、下手に依頼者に難癖をつけたり、脅したりはできない。それがばれた場合は、最悪、冒険者登録を抹消される恐れがあるからだ。

冒険者ギルドは、そんな依頼者と冒険者の間に入りバランスをとっているらしい。

自分で言うのもなんだが私はかなり頑張った。仕事をちゃんと評価され、その結果を知ることができるシステムは私の性に合っていた。

毎日ただ無意味に、自分が本当に役立っているのかもわからぬまま淡々と働き続けた前の世界。比較すると頑張った分だけわかりやすく結果が出る冒険者の仕事は実に楽しかった。依頼者と冒険者の距離が近く、礼を言われることが多いのも、モチベーションの一つだ。

段々とわかってきたことだが、この体はその細さに似合わず非常に頑健《がんけん》で力強い。どんなに働いても疲れを感じることはほとんどない。

これも若さのおかげだ、と毎日感動しながら働いていたのであるが、ある日エリと話している中で、そうではないことが判明した。

「ハルカの身体強化、羨ましいわ。魔法も身体強化も自由に使えるなんてずるいわよ」

「なんですかそれ？」

「え、まさか無意識でやってるの？　たまにそういう人がいるらしいけど……」

冗談よねと尋ねられても、身に覚えがない。本気で戸惑っていると、エリが呆《あき》れた顔をしながらも、身体強化について説明してくれた。

魔素を体に通したため込むことが上手になると、肉体のスペックが大幅に引き上げられる。それを総称して身体強化と呼ぶらしい。本来は誰かに教わったり、肉体の鍛錬によって手に入れたりする技術なのだが、私はそれを無意識に行っているのだろうという話だった。

若いだけでは済まない身体能力の理由はそこにあったのかと、説明を聞いてようやく合点がいった。疑問はあっても『私おかしいですよね』と尋ねるのには勇気が要《い》る。

また、周りにいる冒険者たちも、元の世界に比べると機敏で力強いものが多かったため、基準をどこに置いたらいいかわからなかったのだ。もしかしたら、ただこの体の素《す》のスペックがずば抜けているだけなのかもと思って疑問を先送りにしていた。

しかし肝心のどうやって強化しているのかというところまでは、感覚として理解できていない。自分の体に起こっていることがわからないのは少し怖いが、今はこういうものなのだとして素直に受け入れることにした。

説明を聞いていると、魔法使いを除く一流の冒険者は、身体強化を高水準で行っていることが多いらしい。

ただ等級の高い冒険者の中にも、魔法や身体強化が苦手なものはいるそうだ。例えば、ラルフ青年がそれにあたる。

この話は有名で、だからこそあの等級まで上り詰めたラルフ青年に対する評価は、綺麗《きれい》に二分されているのだとか。

エリも元々はそんなラルフ青年のことを尊敬していたそうだが、友人の女の子への対応で一気に評価が下がってしまったそうだ。女性同士のコミュニティというのは恐ろしい。自分も女性の体である今、十分に気を付けなければ。

そんな切なくも恐ろしい話はともかく、私は、自分の体に起こっていることがわかってちょっとすっきりだった。普通だったら自分の体より大きなものをひょいっと持ち上げられないし、包丁で思いきり指を切りそうになっても傷一つないのはやはりおかしい。

不思議なことがあるとすれば、傷つかない理由が、肌や体が岩のように硬くなっているから、というわけではない点だ。肌はモチモチだし、胸は動けば相変わらず揺れる。だから何だという話であるが、結局のところ身体強化の仕組みは今一つ理解できない。

魔素、魔法、身体強化。どこかでしっかりと勉強したいところだが、今は仕事や仲間と触れ合うことが楽しくて、中々そんな時間をとることができずにいた。

二、依頼ボード

ハルカは大概の仕事を器用にこなす。

義務教育を受けて育ったから、四則演算は当然できる。長く仕事現場にいたため、効率の良い作業法を思いつくこともできる。部下を持っていたので、一緒に働いていた者たちへのフォローもそつなくこなす。

現場でワーワー騒ぐデニス、ドミニク、ローマンもハルカの言うことは聞くし、それを見た屈強でちょっと考えが足りない連中も、ふんふんと話を聞いてくれる。結果、現場の作業速度は過去に類を見ないほど速くなっていた。

初めの頃は、ただの色物として注目を集めていたハルカであったが、依頼者たちはそれだけではないことにすぐ気がついた。とんとん拍子に階級が上がり、そして本日ついに、〈オランズ〉最速の五級冒険者到達という偉業を成し遂げた。

街の商人たちとはすっかり顔馴染《かおなじみ》になって、ことあるごとに商会に勧誘されるようになった。工房を構えるような親方たちにも気に入られ、今ではハルカのことを知らないものの方が少ないくらいだ。

ラルフに借りていたお金もすでに返済し終え、普通に暮らしていくには十分な賃金を得ることもできている。何もかもが順調だった。機嫌もよくなるというものである。

◆

食堂にたどり着いた私は、いつもの席に仲間たちがいるのを見つけて近寄った。

アルベルトが力なくテーブルに突っ伏して、コリンが笑いながらその背中をたたき、モンタナは相変わらず石を削って何かを作っているようだった。

「お待たせしました」

近寄って声をかけると、コリンが振り向いて笑顔で迎えてくれる。

「ううん、昇級おめでと！　ご飯頼んどいたよー」

「いつもより豪華です、お肉です」

モンタナが自分の前にある大きな肉の塊を前に差し出して、胸を張っている。

二人が和やかな雰囲気を作るのに対して、一人淀《よど》んだ空気を発しているのはアルベルトだった。ぐぅとかぬぅとか言いながらテーブルに這《は》いつくばっている。やがてじわじわと体を起こして、両拳を天井に向け叫ぶ。

「思ってたのと違ぇ！」

叫ぶだけ叫ぶと、その拳は開かれて、力なくテーブルに乗せられた。随分とストレスが溜《た》まっているらしい。

実はこの叫び、今日に始まったものではない、十日くらいごとに聞かされる、アルベルトの魂の叫びであった。

「俺は冒険がしたいんだ。雑用係つまんねぇ。冒険してねぇじゃん、冒険者じゃねぇじゃん！これじゃ普通に下働きじゃねぇか！」

「はい、でも下働きも立派な社会の一員ですよ」

まじめな顔をして答えると、アルベルトが自分の頭をかきむしった。

「俺、冒険がしたくて、冒険者になったんだよ！　なんで普通に働かなきゃいけねえんだ！」

立ち上がって私の方を指さして地団太《じだんだ》を踏むアルベルトにコリンはあきれ顔だ。完全に子供だったが、私は言いたいことを素直に言えるアルベルトのことが割と好きだ。これだけ年の差があると微笑《ほほえ》ましいものとして見守ることができる。

「元からわかってたことじゃん」

商人の娘であるコリンは要領がいい。また、商人周りに顔が利くらしく、いつの間にか七級冒険者にまで上がっていた。

「お子様です」

そう言って耳を伏せたのはモンタナだ。

実はモンタナの方がアルベルトとコリンより一つ年上らしい。それがわかったのは、つい最近のことで、それからモンタナは少しお兄さんぶるところがある。私にしてみれば十四も十五もたいして変わらないのだが、あれくらいの年齢のときは気にしていたように思う。

そんなお兄さんぶっているモンタナも工房系の依頼を重点的に受けており、親方たちからの評価が非常に高いらしく、気がつけばもうすぐ六級冒険者というところまで来ていた。

そんな中、出遅れているのがアルベルトだった。戦闘能力こそ高いようだったが、逆に言うとそれ以外は体力ぐらいしか自慢できるものがない。仕事を普通に毎日こなして、普通に評価され、今は普通に八級冒険者だった。体力があってまじめに働いている分、少し早いくらいの昇級なのだが、本人にとってはじれったくてしょうがないようだ。たまにこうして感情を爆発させるのも仕方がない。

ただし今回はそんなアルベルトに良い情報を持ってきたのだ。

「そんなアルに朗報があります」

今回少し浮かれていたのは、この話をしようと思っていたからでもあった。

座り込んだアルベルトが視線だけを向けて、拗《す》ねた態度で先を促す。拗ねていても素直なのが、アルベルトのかわいらしいところだ。

「五級冒険者とパーティを組んでいる場合、それ以下の階級の冒険者も、少し上の依頼を受けることができるようになります」

アルベルトはピンとこないようで、眉根にしわを寄せて、首を傾《かし》げた。

私は少し考えて言い方を変える。直接的な表現の方がいいようだ。

「つまり、私とパーティを組んでいれば、アルも七級の討伐依頼を受けることができる、ということです」

アルベルトがばんっ、とテーブルをたたき、目をキラキラさせながら立ち上がった。この姿が見たかった私は、思わす頬が少し緩む。

「ホントか!?」

「ええ、本当です。良さそうな依頼を見繕いましょうね」

「よっしゃよっしゃよっしゃ、ちょっと俺、依頼見てくる！」

「あ、待ちなさいよ！」

アルベルトはコリンが引き留めるのも聞かずに、あっという間に食堂から出ていってしまった。

「まったく、昇級祝いだって言っててんじゃない」

「あれだけ喜んでくれるなら、頑張って昇級した甲斐《かい》がありました」

「お子様です」

さっきと同じことを言ったモンタナがそわそわした様子で立ち上がり。

「あれ、モン君どうしたの？」

「お肉、食べていいです。心配なのでお子様の様子見てくるですから」

モンタナは尻尾をリズムよく振りながら、最初は早歩きで、それから徐々に小走りになって、あっという間にアルベルトの後を追って廊下に消えていってしまった。アルベルトに合わせて討伐系の依頼を受けていなかったモンタナも、明日から解禁だと聞いてワクワクを抑えきれなくなったのだろう。気持ちはよくわかる。

「ったく、男ってなんでこう子供なのかな！」

「……コリンも見に行きたければ行ってもいいですよ？」

「いいの、私はハルカのお祝いするんだから！　あいつら戻ってくる前に全部食べてやる」

猛然《もうぜん》と食事を始めたコリンにあわせて、私も席についてゆっくりと食事をとることにした。

実は私もここに来る前に、こっそりと一人で、七級相当の依頼を吟味してきているのだが、正直に話すと呆れられそうだったので、コリンには秘密にしておくことにした。

依頼ボードの前から戻ってきた二人と、あれがいい、これじゃないと話しながら食事をするも、何を受けるかはなかなか決まらない。食事を終えてから、結局四人揃《そろ》って改めて依頼ボードの前に立ち相談した結果、ホーンボアの討伐依頼を受けることになった。

私は部屋に戻って休む前に資料室に寄り道して、生物図鑑を開いてみる。獲物の情報を下調べしておきたかった。

図鑑によればホーンボアというのは、ユニコーンのような鋭い一本の角を持った猪《いのしし》の魔物だそうだ。主に森に暮らしており、〈オランズ〉の東にある〈斜陽の森〉にも分布している。

必要なことを手帳に書き込んで、私は廊下をゆっくり歩く。月がでているが足元は薄暗い。それでも何度も往復した道だから、ぼんやりと考え事をしながら歩くことはできる。

この世界には人や破壊者《ルインズ》の他に、地球にいたような普通の生物と、それが魔素を取り込むことによって歪《いびつ》に進化した魔物が生息している。

動物から派生した魔物は、元となった動物との間でも子をなすことができる。そうしてできた子供は魔素に順応しやすく、魔物に変貌しやすくなる。放っておくと魔物は、世代を重ねるごとに賢く、強靭《きょうじん》で、狂暴になり、そして数を増やしていく。

魔物は数が増え過ぎると、やがて集団で人里を襲うこともあるという。

とは言え魔物がもたらすのは害ばかりではない。その肉や皮は大事な資源の一つではあるのだ。魔素を取り込んだ魔物の肉は味が良くなり、普通の動物よりも滋養強壮の効果がある。毛皮は上等な服になるし、牙や角は装備に加工して使われる。

適度に間引きしながら大発生が起こらないように調整を行うのも、この国における冒険者ギルドの仕事なのだそうだ。

ギルドからの常設依頼の討伐クエストは、こういった間引きと高級な食肉の確保を目的とされたものが多い。魔物を難なく狩れるようになれば、一人前の中級冒険者を名乗っても恥ずかしくはないだろう。

この三ヶ月の間、私は仕事の合間を縫って少しずつこの世界の知識を蓄えてきた。まだまだ知らないこともたくさんあるが、〈オランズ〉近辺の大まかな地図くらいは頭の中に入っている。

この〈オランズ〉という都市は【独立商業都市国家プレイヌ】の中で最も東にある都市だ。

〈オランズ〉の東には南北に大きく広がる〈斜陽の森〉があり、そのさらに奥には爆心地のように何もない荒野が存在しているらしい。

その荒野は、人と破壊者《ルインズ》が今よりも激しく争っていた時期に作られた戦いの跡地だそうだ。

〈忘れ人の墓場〉と呼ばれるその場所は、岩がむき出しになり、今でも草一本はえていないという。

そこから先は、アンデッドの潜む物騒な森と、破壊者《ルインズ》たちの領土が広がる、と言われている。

昔そちらに行ったことのある冒険者の証言でしかないから、真実のほどは定かではないのだけれど。

つまり〈オランズ〉という街は、対破壊者《ルインズ》、そして対アンデッドの最前線なのだ。

冒険者の力が必要とされていること、豊かな森が広がり資源が豊富なことが、この街が冒険者たちで栄える理由だ。

部屋についた私は、シーツだけが敷かれた硬いベッドに倒れ込む。

目を覚ませばようやく本当の冒険者らしい仕事に臨むことになる。

仕事の合間を縫って、訓練は続けている。ろくに喧嘩《けんか》もせずに育ってきた自分がうまく立ち回ることができるのだろうか。不安がないとは言えない。

それでも今は、それ以上のワクワクが私の心を弾ませていた。

三、はじめての獲物

張り切って目を覚ました私たちは、まだちらほらとしか冒険者がいない時間に、受付付近に集まっていた。冒険者は夜遅くまで酒を飲んでいることが多いので意外と朝が遅い。周りをうろうろしているのは同じくらいの等級の冒険者たちで、朝から土木作業に向かうものがほとんどだった。

「んじゃ、ホーンボアの討伐に、出発！」

張り切って出発したアルベルトの背中を三人で追いかける。

今回の依頼は常設のものだ。狩る数の上限は設けられていないので、常識的な範囲であれば、狩れば狩るだけ儲《もう》かるし、評価を上げることもできる。アルベルトが張り切るのも無理はなかった。

私は迷いなく歩みを進めるアルベルトにしばらくの間黙ってついていったが、やがて街の門が見えてきたあたりで声をかける。

「あの、そっち西門ですけど」

ぴたっと止まったアルベルトが、回れ右をして誰とも目を合わせずに今来た道を戻り始めた。私の隣に来たとき、小さな声で恥ずかしそうに声をかける。

「……なんでもっと早く教えてくれねえの？」

「買い物でもするのかと思って」

悪気はなかったのだけれど、彼が方向音痴であることをすっかり忘れていた。気まずそうな表情で目を逸《そ》らしているコリンも、恐らく西へ向かって歩いていることに気づいていなかったはずだ。そうでなければ今頃アルベルトのことをからかっているはずだ。自身が先頭で歩いていなかったから言わなきゃわからないだろうと思い黙っているのだろう。

二人はともかくモンタナは、と思って視線を向けてみると、彼は目をぱちくりとさせたあと、小さく頷《うなず》いた。

多分モンタナのこの頷きには意味なんてない。今ようやく目が覚めたかのように、しばらく瞬《まばた》きを繰り返した後、周りを見回して首を傾げた。モンタナは朝が弱いのだ。

なんだか心配になってきた私は、先頭に立っているアルベルトに声をかける。

「……地図、私が持ちますね」

これからはずっと私が地図を持つことにしよう。

先導をする前にちらっとモンタナに視線を向ける。彼はやはりなんだかまじめそうな顔をして「です」と言って、こくりと小さく頷いた。この頷きにはやっぱり特に意味はないのだが、かわいらしかったので、まぁそれは良しとした。


そこからは迷うことなく〈斜陽の森〉までたどり着くことができた。事前に集めていた情報と地図を参考に、私はゆっくりと森の奥へと進んでいく。ホーンボアを探すだけならば手分けしてもいいのだが、迷子になっても困るので、全員一緒にいることにした。

〈斜陽の森〉は、木材加工のために適度に木々が伐採されており、歩くのにそれほど苦労することはない。見通しも良く、日の光が幻想的に木々の間に差し込んでいる。

あまりに長閑《のどか》なので、こんなところでピクニックをしたら気持ちよさそうだと思いながら、森林浴気分でのんびりと歩みを進める。

しかし奥に進むにつれて、段々と草木が生い茂り、道らしい道が無くなってくる。徐々に警戒を強めながら、それでも歩みは止めずに進んでいく。たまに草がかき分けられたような跡があるが、それはきっと獣道だ。その幅の広さや足跡を見ることで、どんな動物がそこを歩いたのかがわかる。

時間をかけてゆっくりと獣道をたどっている途中、ふと顔を上げてみると、遠くに兎《うさぎ》が跳ねているのが見えた。木の根の傍《そば》で長い耳が傾けられると、きらりと光を反射する。私の視線に気づいたモンタナが、そちらに目を向けて呟《つぶや》く。

「キラーラビットですね。耳が刃物みたいになってるです」

「そんな魔物もいるんですね」

「お肉がおいしいです」

「はぁ、そうなんですか。モンタナは物知りですね」

私たちの会話に気を取られたアルベルトとコリンも、足を止めてそちらを見つめる。下ばかり見ていたせいで疲れたのか、首をぐるぐるとまわしながら小休止だ。

キラーラビットは人を襲うこともあるそうなので、戦いに備えるためアルベルトとモンタナは油断せずに剣を抜く。それに恐れをなしたのか、キラーラビットは踵《きびす》を返して草むらの中に逃げ込んでいった。

それを見送って体からふっと力が抜けたとき、後ろからがさりと草をかき分ける音が聞こえ、私は慌てて振り返る。鼻息を荒くした巨大なホーンボアと目があってしまった。

先端が鋭くとがった角は、ねじくれて汚れがたくさんこびりついている。あれで傷ついたら感染症まっしぐらだろう。しかしそんな心配は、あのホーンボアと戦って無事生き残れたらの話だ。角だけではなく、牙も実に立派だ。突進を下手に横によけようものなら、あの牙に引っかけられて、地面を引きずりまわされそうな気がした。横幅は人が両手を広げたくらいあり、体高は私の目線よりも高い。

私の脳内で咄嗟《とっさ》にイメージされたのは小型トラックだ。とてもじゃないが人間が正面から戦うような代物ではない。

「大きいです」

「お、おぉおおお、お」

モンタナのとぼけた声が聞こえた後に、アルベルトが勇敢にも何かをしゃべろうと声を発している。そしてそれは魂の叫びとなり森の中に木霊《こだま》した。

「思ってたのと違ぇ！」

私も心の中で同じようなことを叫んでいたが、現実ではひゅっと息を呑《の》んで、目元をひきつらせるだけに留《とど》まった。叫び出すのを堪《こら》えたのではなく、それしか反応できなかっただけだ。

「一度引くですよ」

落ち着いた様子のモンタナが先行して森の中に飛び込んだ。判断は早く、木々の間を縫うように走り抜けていく。普段はぼんやりしているように見えるのに、こんなときに頼りになるのは年上の貫禄《かんろく》だろうか。それを言ったら一番年上のはずの私は、声も出せずに背中を追いかけているとしかできないのだけれど。

モンタナの背中を追いかけていると、後ろから聞いたことのないような破壊音が響く。気になって振り返ってみると、ホーンボアが猛然と後を追いかけてきている。太い木をなぎ倒し細い木をへし折るその姿はまるで重機のようだ。

「どうすんだ、あれ、おい、どうする！」

少し落ち着いてきたのか、アルベルトが大きな声で問いかけてくる。ホーンボアは完全に私たちをターゲットにしたようで、諦めることなく後ろに張り付いてきていた。

魔物は進化すると同時に雑食になる。何でも食べるようになり、それによって体内に多くの魔素を取り込むようになっていく。魔物化したホーンボアにとって、今の私たちは逃げ足の速い昼ごはんでしかないのだろう。

「猪は曲がるのが苦手と聞きます、ジグザグに逃げましょう！」

「はいはい、モン君先導して！」

私が叫びコリンが同意すると、先頭にいたモンタナが頷いて、逃走経路を変更する。

私はホーンボアというのはもう少し小さいものだとばかり思っていた。いや、正直なところ、子豚よりちょっと大きいくらいのを想像していた。こんな人間のことを丸呑《まるの》みできそうな化け物は完全に想定外だ。

必死に逃げ続けていると、ふいにモンタナがいつもより大きな声で私たちに指示を出す。

「向こうの大きな木に刺さったら、反転するですよ」

「いけんのか!?」

アルベルトの叫びに、モンタナは後ろを振り返って頷いた。

「いけるです。死なない生き物なんていないです。動けなくなったところ、集中攻撃です」

その表情はやっぱりいつもとあまり変わらない。今はその落ち着いた様子が、とても頼もしかった。

「……あ、刺さったです」

後方から大きな衝突音がして、モンタナの頭が私の視界から消える。

慌てて振り返ると、小さなモンタナはその身をさらに低くして、ホーンボアの方へと反転していた。やや遅れてアルベルトが走り出した頃には、モンタナはすでにホーンボアの後ろ足を斬りつけて、反対側へと走り抜けている。

「硬いです」

両断するつもりで斬りつけただろうに、ホーンボアの足はわずかに出血するにとどまっていた。思ったような成果が得られなかったためか、モンタナのつぶやきはやや拗ねているように聞こえた。

モンタナが休まずに何度か同じ足に攻撃を繰り返すと、木に角が刺さったままのホーンボアがじたばたと暴れ、森中に響くような唸《うな》り声《ごえ》をあげた。確かにダメージは与えられているようだ。

そんなタイミングで駆け付けたアルベルトは、剣を大きく振り上げて、モンタナとは逆の足を狙って思いきり斬りつけた。二人ともまずは機動力を奪おうという算段なのだろう。モンタナの行動が、完全に萎えかけていた私の心にも勇気を与える。

「確かに、動けなければただの的ね」

コリンが矢をつがえてヒョウッと放ったのを見てから、私も慌てて魔法の詠唱を始めた。風をきって飛んだ矢が暴れるホーンボアの額に当たって、ポトリと地面に落ちた。

「目を狙ったのに、大人しくしてないから……！」

悔しそうにつぶやいたコリンが、二の矢をつがえた。

しかしその行く末をのんびりと見ている場合ではない。私が狙うのは首元だ。頸動脈《けいどうみゃく》さえ傷つけられれば、あとは逃げ回っていればどうとでもなるはず。私が魔法使いとしてチームに誘われたのは、強力な一撃を放つために相違ない。ここで働かなければいつ働くというのだ。

「風の刃、生《な》まれ、鋭く、飛び、斬り払い」

コリンの放った五本目の矢がようやく瞳に突き刺さり、ホーンボアが狂ったように首を振る。それと同時にミシミシと大きな音がして、角の刺さっていた木がついに倒れた。

「貫け、示す方向に。ウィンドカッター」

詠唱が終わると、不可視の風の刃が空間を引き裂いてまっすぐに飛んでいく。全員の衣服を揺らしたそれは、ホーンボアの首元を音もなくあっさりと通り抜けた。

外してしまった。めげずに次の詠唱を始めようとしたところで、倒木から角を抜こうとしていたホーンボアの体と首の間に空間ができた。

腕を前に突き出した姿勢のまま、私は動きを止める。

ホーンボアの頭だけが木に突き刺さったまま、その巨体が、どうっと大きな音をたてて地面に倒れた。切断面から血が泉のように噴き出し、辺り一面の木や草が真っ赤に染められていく。

一度その場から離脱しようとしていたアルベルトとモンタナは、その場で足を止めて、目を丸くしていた。コリンがゆっくりとした動作で六本目の矢を矢筒にしまう。

前衛二人が所在なげに剣を鞘《さや》にしまっているとき、ぽつりとコリンが呟いた。

「……魔法ってすごい」

魔法ってすごい。放った私もまったく同じ感想で、ぽかんとそこに立ち尽くした。

しばらくして我に返ってから死体の切断面に目をやって、うっと口元を押さえる。私は映画などでも出血や痛いシーンを見るのが得意ではなかったのだ。もしかしてこういうのにも慣れていかなければならないのかと思うと、ほんの少しだけ気が重くなった。

四、帰るまでが

全員が揃いも揃ってホーンボアがこんなに大きな魔物だとは思っていなかった。横並びで地響きを立てて倒れた巨大な魔物を呆然《ぼうぜん》と見つめる。倒せはしたが、これをいったいどうやって処理したらいいものかがわからない。

アルベルトは、何頭も狩って今日で等級を上げてやる、と出発前に息巻いていたのだが、こんな化け物みたいな猪を何頭も狩る元気はない。

私は未《いま》だに現実感がなくてふわふわした気分だったが、いち早くいつもの調子を取り戻したのがコリンだった。いじわるそうに笑ってアルベルトの肩をつつく。

「アル、あんたホーンボア何頭狩って帰るんだっけ？」

「……うるせ」

「五頭狩ると階級上がるんだっけ？　あと四頭狩ってくる？」

「……だからうるせぇって」

「ねえねえ、どうするの、ねぇ？」

「…………よし、俺はやっぱり足を倒れた木に縛り付けて、木ごと運んだらいいと思う。ハルカ、お前はどう思う？」

コリンを完全に無視することに決めたアルベルトは、その頬を手のひらで押しやって、運んで帰る方法を提案してくる。幼馴染だけあって、対応は慣れているのかもしれない。

獲物から目をそらしていた私は、アルベルトの提案を受けて、恐る恐る血の海の中にいるホーンボアを見てみる。

体高も幅も二メートルくらい、体長はその倍近くある。きっと体重は軽くトン単位になるだろう。木にくくったところで、よほど丈夫なものでない限り持ち上げた瞬間にへし折れる。

ここ数ヶ月でこなしてきた仕事を思い出してみると、重さ的には運べないことはない。それくらいには、自分が怪力になっていることを理解していた。

しかし、どうにも持ち運びにはバランスが悪い。血がだらだら流れ出している死体を背負って運ぶのもぞっとする。何かいい案はないものかと頭を悩ませるが、この場で解体してしまうくらいしか思いつかない。当然、誰もそんな技術も必要な道具も持っていないのだけど。

全員が腕を組んで悩んでいると、遠くから誰かの声が聞こえてきた。

「おーい、すごい音がしたが、大丈夫かぁ!?」

がさりと茂みを分けて現れたのは【抜剣】というチームのリーダーであるアンドレだった。

剣のことになるとうるさいが、それ以外ではおおむね穏やかで人柄が良いので、新人冒険者たちからは慕われている人物だ。

「って……、おいおいまじかよ。まさかこれ、お前らが倒したのか？」

誰かが答えるだろうと黙り込んでいたのだが、シーンとしてしまって誰も答えない。左右を見ると全員が私の方を見ていた。

「え、ええ、そうですね」

不審に思いながらも返事をすると、アンドレは顎髭《あごひげ》をこすって感嘆の声を上げる。

「いやぁ、お手柄だぜ。よくお前らだけでタイラントボアを倒したな」

アンドレに続いて姿を現した【抜剣】のメンバーは、倒れた猪に近づいて「切断面が」とか「こりゃすげぇ」とか楽しそうに談笑を始める。しかし私たちには状況が理解できない。タイラントボアという名前には聞き覚えがなかった。

「なあ、何だよタイラントボアって、これホーンボアじゃねぇの？」

「おいおい、知らないで倒したのかよ。こりゃあ、ホーンボアがさらに進化した魔物、タイラントボアだ。今朝がた、こいつが出たってんで、討伐の緊急依頼が出てたんだ。四級以下の冒険者は危ないから森に近づくなって言われてたんだぜ？　その様子だと知らなかったようだな」

アンドレが「やるじゃねぇか」と言いながらアルベルトの背中をバシッと叩《たた》く。アルベルトは戸惑いながらも、タイラントボアの死体と、アンドレの顔を交互に見て、やがて表情をほころばせた。

「もしかして、これ、階級上がるか？」

「ん？　ああ、五級くらいに上がるんじゃねぇの？　お前まじめに仕事してるって評判だし」

アルベルトが途端にガッツポーズをして、それからモンタナのもとに駆け寄り、抱き着いてからその肩を大きく揺さぶった。

「おい、おいおいおい、これで俺もおまけじゃなくて、堂々と冒険できるぞ！」

「お、お、おめでと、です」

肩をゆすられながらもモンタナが祝いの言葉を述べると、手を離したアルベルトは、今度は私のもとへ走ってくる。

「これで一緒だな！　俺も五級になるぞ！」

アルベルトの喜びようを見ていると、まるで大型犬を見ているような気分になる。モンタナにしたように私にも飛びついてくるのかと身構えていたが、目の前で止まってしまったことに拍子抜けした。

私は何かを待つようにその場に留まるアルベルトの頭に手を伸ばし、わしわしとその髪の毛をかき交《ま》ぜる。犬や子供にするような扱いで嫌がられるかと思ったのだが、黙って受け入れているところを見ると、間違った判断ではなかったのだろう。楽しくなっていつまでも撫《な》でていると、後ろからコリンが抱き着いてくる。

「ハルカ、私のことも撫でて撫でて」

「え、あ、はいはい」

女性の頭に気軽に触れていいものだろうかと思いながらも、じっと待っているコリンの圧に負けて、そっと頭を撫でる。アルベルトよりも艶があって撫でやすい。

しばらくそうしていると、いつの間にかすぐ横まで歩いてきていたモンタナが、私の空いている方の手を取って、自分の頭の上に乗せた。何も言わないが、撫でろということらしい。

モンタナの髪の毛は柔らかく、特に耳の辺りはシルクのような触り心地をしている。耳をしばらく撫でてから、不快ではなかっただろうかと思いモンタナを見ると、目を細くして、穏やかな表情をしていた。

幸せな気分に浸っていると、アンドレからお叱りの声が飛んできた。

「おい、帰るまでが依頼だぞ。ここは見ておいてやるから、さっさとギルドに行って報告してこい。こいつを運ぶための増援も忘れるなよ」

もっともな指摘に私は慌てて姿勢を正す。

「ったく、こんなガキどもに先を越されたのかぁ。運が悪いぜ」

首を振りながらふざけた調子で言ったアンドレは、そうしてその場に座り込んで、私たちに向けてシッシッと手首を振った。

「あ、急いで行ってきます」

「ゆっくりでいいぜー。俺たちはこれを狙って現れる魔物を倒して、金稼ぎさせて貰うからなー」

アンドレは移動を始めた私たちに対して間延びした声で答える。頼りになる先輩冒険者に感謝しながら、私たちは急ぎ足で街に向かって歩き出した。

余談だが、この件によって私は四級に、コリンとモンタナは五級になった。しかし、アルベルトだけは実績不足のせいか、六級までしか上がらなかった。喜びながら拗ねるという器用なことをやってのけたアルベルトは、やっぱり他の二人よりはちょっと子供っぽく見えたのだった。

五、朝方

タイラントボア討伐は、緊急依頼だったため、実入りが非常によかった。

ギルドでは、至急解決したい案件に高額の依頼料をつけたものを、緊急依頼と呼んでいる。〈オランズ〉は木材加工を産業の一つとしているため、〈斜陽の森〉の浅い場所でタイラントボアに闊歩《かっぽ》されると困るのだ。時間が経てば経つほど産業がまわりづらくなり、大きな経済への打撃を受けることになる。

ちょうど緊急依頼が出された直後に、タイラントボアを討伐できたのは幸運だった。もし依頼発生前に討伐していたら、得るものは名声と素材の買取料だけになっていたはずだ。

そんなわけで、たくさんの収入を得た私たちは、ここ数日、つかの間の休日を楽しんでいた。

ある階級まで上がった冒険者というのは、毎日せかせかと働いたりしなくなるらしい。危険度が高い分、仕事の収入が大きくなるためだ。集中して働き、それが終わると体をしっかりと休める。命を懸けて働いているので、万全の状態を保つことも大切な仕事の一つと言える。

私は時間が空くと、大抵一人で街に出て珍しい食材や、おいしそうな食べ物屋を探している。毎日の食事は食堂で済ませることができるのだけれど、バリエーションは多くない。パンにスープという組み合わせがメインで、すぐに飽きが来てしまう。それでも安価で腹を満たすことができるし、味が悪いわけではないので、贅沢《ぜいたく》を言わなければそれで十分ではあった。

しかし時間とお金に余裕ができたのなら話は別だ。折角なら少し贅沢をしてでもおいしいものを食べてみたい。

大人になって嫌いなものがなくなった私だったが、恥ずかしながら舌の好みは子供の頃からあまり成長していない。

オムライスにカレーライス、どちらもこの世界に来てからはお目にかかっていない。ケチャップもない、卵も割と高級品。カレーはない、スパイスもどれがどれだかわからないし、そもそも米食の文化がないのか、炊いた米すら見かけなかった。

それでも肉料理は工夫がされているようで、ハンバーグのおいしい店を見つけることはできた。ならばきっと他にも、もっとおいしいものがあるはずだ。

休みの度に飲食店街をうろついておいしい料理を探す日々。日本人らしいと言えばらしい休日の過ごし方だと私は思っている。

私の基本的な格好は、初日にトットたちがくれたようなパンツとチュニックに、フード付きのローブを羽織るというものだ。ぶかぶかのローブを羽織りフードをかぶってしまえば、顔もスタイルも外からはよくわからない。

ダークエルフという種族は歩いているだけで目を引いてしまう。

目立つのを避けるために、街に慣れないうちはいつもフードをかぶって移動していた。しかし散々街中で働いた今となっては、知り合いが多くなってしまいフードをかぶっていても存在に気づかれてしまう。

すれ違いざま、手を上げて挨拶を交わすようなことも増えてきて、すっかり街に馴染んだといえるだろう。好奇の視線を向けられることも減って、最初の頃に比べると随分快適になったものである。

パンツやチュニックは同じものを買い足し、着まわしていたが、実は最近ローブも新しくなった。

ある人に突然プレゼントされたもので、見た目は前とあまり変わらないのだが、質感などが明らかに高級品だった。貰うわけにはいかないと言っているのに、しつこく押し付けられたので諦めて使っている。ありがたいのだけれど少し怖かった。

とはいえ貰った後に何かを強制されたり、お願いされたりしたことは今のところない。対価を求められないところが余計に不気味ではあるのだけれど。

朝市を巡って、変わった果物を探して食べてみるのも私の楽しみの一つだ。元の世界程の甘みを感じるものにはなかなか出合えないけれど、見たことのない果物に出合うのは面白い。見た目から味を想像して、いざ食べてみると全然違ったりするのだ。

今日もいつものように朝市をうろうろと歩き回り、買った果物を紙袋に詰めてもらった。そのまましばらく街を歩いて、大きな樹《き》の下に置かれたベンチに腰を下ろす。疲れたわけではなく、買ってきた果物を食べてみるための休憩だった。

紙袋に入れた果物を一つ取り出す。色がサクランボ、形は葡萄《ぶどう》。味はどうだろうかと口に放り込んでみる。皮が渋く、中は酸っぱさと甘さが半々くらい。これは皮をむいて食べるのが正解だったようだ、次からは気をつけよう。

果物をつまんでいると、ふと視界の端に金色の髪が揺れる。

隣に、ふわっとしたスカートをはいた女性が断りもなく腰を下ろした。

お嬢様然とした立ち居振る舞いは見ているだけだと実に優雅だ。以前、実際にどこかのお嬢様なのかと尋ねてみたが、適当にはぐらかされてしまった。

彼女について知っていることは三つ。一級冒険者にしてクラン【金色の翼】のマスター。その名をヴィーチェ＝ヴァレーリという。

そして何より大切な情報がある。それは彼女が私のストーカーだということだ。

何をするでもなく、当たり前のように私の横に腰を下ろしたヴィーチェは、にこにこと笑いながら話しかけてくる。

「今日もいい天気ですわね」

「そうですね」

「あら、また果物を買ってらっしゃるの？　お好きなんですのね」

「そうですね」

「私が特注したローブ、いつも使ってくださってうれしいですわ」

「……ありがとうございます」

「毎日着てくださるなんて、これが愛かしら？」

「…………違うと思います」

はっきり言って私はこの人物が結構怖い。今までの人生でこんなに人からつけまわされるのは初めてだった。というか、多くの人がないはずだ。なんせ休みの日に出かけると、高確率で十数分後には横を歩いている。どんな情報網を持っているのか知らないが、これは私の行動が彼女に筒抜けということに他ならない。

何かひどい目にあわされたわけではないのだけれど、その得体の知れなさと一級冒険者という肩書が怖いのだ。

一緒に歩いていると一日一度は「躓《つまず》きましたわ！」とか言って胸に飛び込んでくるのもちょっと嫌だったし、そこで深呼吸するのもやめてほしかった。女性に抱き着かれて動揺するとか、そういう思いが全く湧いてこないくらいには警戒心を持ってしまっている。

「……今日は少しまじめな話をしに来ましたの」

「なんでしょうか？」

静かなトーンで話すヴィーチェに、私も居住まいを正した。いつもはこの辺りで、「あー、貧血がー」とか言って膝にダイブしてきたりするのに珍しい。

「ハルカさん、私のクランに所属するつもりはありませんこと？」

そういえば最初の頃に、エリにも勧誘をされていたのを思い出す。彼女はヴィーチェのクランに所属していたはずだ。今思えば安易に承諾しなくてよかったかもしれない。

「私の一存では決めかねます。なによりあなたのクランは女性しか所属できないと聞きました。私がアルやモンタナと一緒にパーティを組んでいるのはご存じですよね？」

「ええ、知っていますわ。それでもお誘いしているんです」

しれっとした表情で言われて、少し嫌な気分になる。

「それは彼らから離れて、あなたのクランに入れという話ですか？　一人で勝手にそれを決めろと？」

少し強い口調で反論すると、ヴィーチェは目を見開いて笑った。

「あら、ハルカさんって、そんな話し方もされるのですね。私、そういうのも結構好きですわ。眉間に寄った皺《しわ》が素敵ですわよ」

相手にもされていないなそうな雰囲気で、気がそがれてため息をついた。暖簾《のれん》に腕押し、糠《ぬか》に釘《くぎ》。

冒険者としての経験が違いすぎて、すごんだところで子犬がじゃれついてきた、くらいにしか思われていない。もっとも相手が私を害さないだろうと思っているからこそ、私も強く反論できたのだけれど。怖さは感じるけれど、この人から悪意や敵意を感じたことは今まで一度もない。

「お誘いはありがたいですが、そういうことですので」

彼女を置いて立ち上がると、後ろから呼び止められる。

「まぁ、駄目だろうとは思っていましたわ。ではハルカさん、お気を付けなさいね。あなたたち、急に等級が上がっているのでちょっと妬まれていますわよ。うちに所属してくだされば、しっかりサポートして差しあげられると思ったのですけど」

振り返って話を聞けば、まじめな調子で忠告され、気まずくなって目をそらした。

街に根を張った一級冒険者の言うことなのだ、実際にそのような動きがあることは確かなのだろう。まさか自分を困らせるためにそんなデタラメを言うとまでは思わない。

「ご忠告、感謝します」

「どういたしまして。ご存じの通り、私、ハルカさんのこと気に入ってますの。目の届くところで何かあれば助けてあげますわ」

にこにこと笑ったまま、ベンチに座っているヴィーチェ。

悪い人ではないのだ。ちょっと気持ちが悪いだけで。今回だって、一応私の身を案じてのお誘いだ。

ベンチから離れるように数歩進んでから、私は一度足を止めて、後ろにいるヴィーチェに話しかける。

「あの、今日もおいしいハンバーグ屋さんを探すのですけど……。もしご存じでしたら、いいお店を教えていただけませんか？」

ヴィーチェはベンチからぴょんっと飛び降りて私の横に並ぶ。

「うわっ！」

尻に何かが触れたのがわかり、思わず驚いて声を上げてしまった。

「私、ハルカさんのそういう甘々なところも気に入ってますわ」

私は鳥肌が立った腕をさすりながらヴィーチェのことを睨《にら》みつける。

やっぱり誘わなければよかった。前にもそう思った気がするけれど、次こそは絶対にだ。そんなことを考えながらも、私は今日案内される店の食事をこっそりと楽しみにしていた。

六、露店

朝から重めの食事をとって宿舎へ戻ろうとしていると、途中で街をぽてぽてと歩いているモンタナに出会った。話を聞くと、今から露店通りに向かって、いつも作っているアクセサリー類を販売してみるのだという。素人目から見ると非常によくできているのだが、趣味で作っているらしく、別にもうけを出そうとしているわけではないのだとか。

「そうですね、特にやることもありませんし」
「一緒に行くです?」

モンタナに並んでもと来た方へと戻っていく。露店通りは、商店街をさらに奥へ進んだところにある。

〈オランズ〉の商店街はいくつかの区域に分かれている。きちんとした店が立ち並ぶ区域、屋台のような移動式のものが並ぶ区域、さらに奥へ進むと布を一枚敷いただけの露店が並ぶ区域になる。商人と冒険者の国というのは伊達《だて》ではなく、〈オランズ〉に限らずこの国では、店を構えない限りは、指定された範囲内で自由に商売ができることになっている。

他の国へ行くとそういった場所は限られていて、商売をするためにはそこの為政者にわざわざ許可を取る必要があるのだそうだ。

長い商店街を抜けて、いくつかの路地裏を通る。

途中モンタナが不自然に立ち止まることがあったが、私は黙ってそれを眺めていた。モンタナの変わった行動は今日に始まったことではない。たまに突然、一点を見つめて動かなくなることがある。

幽霊とかが見えていると怖いので、私はモンタナの行動に対して詳細を尋ねないことにしている。異世界に転移しようと魔法が使えるようになろうとお化けは怖い。昔からあまりホラーは得意でないのだ。

露店区域につくとモンタナは、その端っこの空いているところまでのんびりと歩いて行き、二メートル四方の布をバサッと広げた。

だぼだぼの袖から、いくつかのアクセサリーを布の上にばらまいて、それを等間隔できれいに並べていく。

「開店です」

むふー、と満足そうに息を吐いて、モンタナはぺたっとお尻を地面につけて足をのばす。モンタナに促されて、私もその隣に腰を下ろした。

人はたくさん行き交っているが、うろつくのを楽しんでいる人ばかりで、真剣に買い物をしようとしている人は少ないように見える。

「いつもこんなことを？」

「休みの日はたまにです」

店開きをしている割に呼び込みもしないモンタナは、道行く人のことはあまり気にしていないようだ。たまに尻尾や耳を動かしながらのんびりしている様子は、まるで本当に大型の動物のようでもある。

「売れます？」

「たまにですけど」

ちらっと見ては通り過ぎていくたくさんの人たち。売れはしなくても、じーっと見ていく人なんかがいると嬉《うれ》しそうにしている。付き合いが長くなってくると、表情が乏しいながらも尻尾の動きやわずかな雰囲気で、機嫌の良しあしがなんとなくわかる。

ぽかぽか気持ちのいい陽気だ。たまにはこんな風にのんびりと過ごすのもいい。贅沢な時間の使い方だ。せかせかと分刻みで働いていたサラリーマン時代の生活を思い出すと天と地の差だ。

ぽつぽつと思いつくままにモンタナと言葉を交わしていると、一人の青年が足を止めていることに気がついた。どうやら、緑色に輝く石がはめられた二つセットの指輪を、立ったまま熱心に眺めているようだ。

青年はやがて手元の巾着を確認して、私に尋ねてくる。私の方が年上に見えるので店主と間違えたのだろう。

「なぁ、これいくらなんだ？」

尋ねられて初めて気がついたが、並べられた商品には値札がつけられていない。つまるところ私に尋ねられたところでわからないというわけだ。返事をせずにモンタナの方を見る。

「いくら出せるです？」

「いや、うーん……」

青年は悩んだ末に、緊張した面持ちで巾着袋を丸ごとモンタナに差し出した。

「これで足りるか？」

モンタナは中を覗《のぞ》き込むとそれを逆さまにし、ジャラジャラと布の上に広げた。銀貨でできた山をおおよそ半分に分けて、片方を手前に、もう片方を巾着に戻した。だいたい十枚くらいの銀貨だったように見える。随分などんぶり勘定だがモンタナらしい。

「これでいいです」

モンタナは巾着とセットの指輪を青年に差し出した。ほっとした表情になった青年は、軽く頭をさげてモンタナに礼を言う。

「よかった、ありがとう。これで決心がついたよ」

「お買い上げありがとです」

青年は心なしか足取り軽く人ごみの中に消えていった。明るい表情とあの言葉から鑑《かんが》みるに、プロポーズでもするのかもしれない。装飾品の相場が私にはわからないが、お値段は適正価格なのだろうか。

「値段って決まっていたんですか？」

モンタナは首を横に振る。

「見て決めてるです」

モンタナには何か基準がありそうだったが、それを自分から話す気はなさそうだった。商売というより、本当に趣味でやっている露店なのだろう。

少し物足りないような会話も私にとっては苦ではない。テンポよく話をするのが得意ではないから、この方が楽なくらいだ。

しばらくぼんやりしていると、今度は紳士然とした気難しそうな初老の男性が現れた。口ひげをなでながら、じっと一つのネックレスを見つめている。琥珀色《こはくいろ》の石が連なった、比較的大きなものだ。彼は視線を動かし値札を探していたようだが、それがないことを確認すると、何かの革で作られた財布から五枚の硬貨を取り出した。

「足りるかね？」

「です」

硬貨を受け取り、ネックレスを渡すモンタナ。紳士はやり取りもスムーズなのだなぁと、ぼんやり見つめていたが、私は受け取った硬貨の色を確認して驚く。見間違いではなければそれは金貨だった。

男性はそれ以上何も言うことなく、一度頷くと、背筋をピンと伸ばしてその場を立ち去った。

「いつもこんなに売れるんですか……？」

「たまにです」

さっきと同じ答えを返し、モンタナは持ってきていたパンにかじりついた。

そのあとは夕方まで座っていたが、特に客が来ることはなかった。早い時間に二つ売れたのは本当に珍しいことだったのかもしれない。

いざ撤収、となったときに遠くから、一人の人物が真っすぐ歩いてくる。鼻息を荒くした男は、じゃらじゃらとした装飾品とモノクルを着けており、商品を見ることもなくモンタナに声をかけた。

「おい、そこの、そこの獣人よ、俺がそれを全部買ってやる」

男の方を見るために手を止めたモンタナは、その姿を確認してすぐにまた撤収作業を始める。アクセサリーを次々と袖の中へ投げ込んでいくのを見て、男は慌てたように言った。

「おい！　そんなに雑に扱うんじゃない！　買ってやると言っているんだ！」

騒がしい男に、モンタナの尻尾がぺしっと一度地面をたたいた。最後に一つだけ残っていたイヤリングを手に取って、男を無表情に見上げる。それからやっぱりぽいっとそれを袖の中に放り込む。

「今日は店じまいです」

「貴様、そんな態度をとっていいのか!?　俺にそれを売れば、適切な所に販売して、貴様の名を広めてやると言っているんだ！」

「店じまいです」

「いいからよこせ、金なら払うと言っているだろう」

「しまいったらしまいです」

モンタナはつんとしてまるで男に取り合わない。挙句、敷いていた布をたたむと、そのまま背中を向けて歩き出してしまった。

「……この、クソガキ！」

男が怒りを爆発させて、後ろで腕を振り上げる。

「モンタナ！」

私が声をかける前にモンタナは素早く動き出していた。身をかがめ、目にもとまらぬ速さで引き抜かれた短剣が男の眼前につきつけられる。モノクルにひびを入れて止まったその切っ先に、男はその場で腰を抜かした。

迷惑な男を道端《みちばた》において、来たときと同じ路地裏を歩く。

往路で立ち止まったのと同じ場所で、モンタナがまた歩みを止めた。夕暮れどきで妙な雰囲気がある。私はこっそりと、ばれないように一歩モンタナに近寄る。モンタナの冷静さは、お化け的な何かが現れたときには頼りになりそうな気がした。何歳になろうと怖いものはやっぱり怖い。

少し離れたところからぱたぱたという小さな足音が近づいてくる。私は緊張で身を硬くしていたが、モンタナはプランと腕を下げたまま、その足音を待っているような節さえあった。やがて曲がり角の向こうから一人の少年が現れ、モンタナを見つけて声を上げる。

「あ、獣人のにーちゃん、今日はもう終わっちゃったの!? 俺お金持ってきたのに！」

「ほら！」と言って銅貨を二枚、少年が差し出した。モンタナはそれを見ると、ジャラジャラと袖を揺らし、先ほど最後にしまったイヤリングを取り出して少年に差し出した。

「臨時開店です」

「やった、ありがとにーちゃん！　かーちゃん喜ぶと思う！」

走り去っていった少年の後ろ姿を見ながら、モンタナは二枚の銅貨を袖の中に放り込んだ。

尻尾が満足そうにゆらゆらと揺れる。

「嬉しそうでしたね、あの子」

「です」

私にはモンタナがどんな基準で物を売っているのか、値段を決めているのか、はっきりとはわからない。ただ、モンタナが何か信念をもって自分の作ったものを売っているのだということは、なんとなく理解できた。

「モンタナ、今度また一緒についていってもいいですか？」

「歓迎するですよ」

なんだか今日はとても気持ちよく眠れそうな気がする。

七、アルベルト＝カレッジという少年

アルベルトは街で買い物をしているハルカの横顔を眺めて、なんだかなぁと思っていた。凛々《りり》しい横顔は非常に整っていて、出てくる言葉も落ち着いており、大人っぽい。魔法を使わせれば無尽蔵だし、力比べでも勝てやしない。

それだけ要素を並べてしまえばとんでもない奴《やつ》なのだけれど、アルベルトはもう知っている。ハルカがちょっと、いや、かなり間抜けていることを。

「ハルカ、これ」

「え？　あれ、私の財布ですね。どこで落としたんでしょう。ありがとうございます」

落としたのではない。ほんの少し前にすられたのを、アルベルトが取り戻したのだ。ずっしり重いその巾着の中には、おそらくハルカの全財産が入っていた。

ほんの少し前には目を離した隙に、ナンパについて行きそうになっていた。「ちょっと道に迷って」なんていう常套句《じょうとうく》に引っかかるやつがいるとは思わなかったので、合流したときに叱ると、しゅんとした様子で肩を落とす。表情が変わらないからわかりづらいが、慣れてくると視線の動きや体の僅かな動きで、感情が大体わかってしまう。

問い詰めてみると、たまにこういうことはあるのだと白状した。本当に道案内をして終わるときもあれば、突然態度を豹変《ひょうへん》させて襲い掛かってくることもあるという。

最近、世間から評判の悪い男が路地裏で気絶しているという怪事件が起きているのは、きっとハルカのせいだ。たまにハルカの顔を見て道の端に避ける男がいるのも、多分そのせいだ。

コリンから『ハルカと出かけるなら、目を光らせておくように』と忠告された理由がわかった。

知ってしまえば情けなくて、愛すべきポンコツではある。

しかし、はじめの頃はアルベルトも勘違いをしていた。何をやらせても完璧にこなす超人に見えて、勝手に卑屈になって八つ当たりしてしまったことがあったのだ。今思い出してみれば情けない話だと、アルベルトは隠すこともせずにため息をついた。

◆

冒険者として、下働きが始まってしばらくした頃、アルベルトは歯がゆい思いをしていた。仲間と比べると、どうも冒険者として評価が一段見劣りしているのだ。

コリンは商人としての知識、モンタナは手先の器用さを活《い》かして活躍。そしてハルカは何をやらせてもうまいことこなす。他の冒険者は「姐《あね》さん姐さん」と言ってハルカの言うことを聞くし、計算も早ければ、仕事の効率化すら提案してくる。なら肉体労働でと思うと、これまた誰よりもとんでもない怪力で、人の数倍の仕事を一人でこなしてしまう。

力自慢とか鍛えたとか、そういう者から逸脱した怪力に、アルベルトはちょっと引いたくらいだ。

いつだって無表情で淡々と自分よりすごいことをされると、段々と卑屈になってくる。

そのうち階級も置いていかれると、いよいよもってダメだった。心がゆっくりと嫌な方面に傾いていくのを、どうやって持ち直したらいいのか、アルベルトにはわからなくなっていた。

その頃のアルベルトたちは、仕事を終えた後、毎日食堂に集まって話をしていた。その日のことを話したり、他の冒険者から聞いたことを共有したりだ。それは充実していたし、楽しい時間でもあるはずだった。

よく話すのはアルベルトとコリンで、モンタナは稀《まれ》にぽつりと何かを言うくらいだ。ハルカはというと、いつも楽しいのか楽しくないのかわからない表情で、ただみんなの話に頷いたり、相槌《あいづち》を打ったりしていた。昔の話をしたり、家族の話をしたり、未来の話をしたりするときも、やっぱりハルカは積極的に語ることがない。たまにコリンが話を振ることがあっても、するっとうまいこと躱《かわ》して、他の話に切り替えていることにアルベルトは気づいていた。

仕事現場が一緒になったとき、アルベルトはモンタナに尋ねる。

「ハルカさ、あいつ、俺たちのこと信用してないのかな」

モンタナが作業の手を止めて、怪訝《けげん》そうな顔をした。いつも寡黙で、たまにしゃべっても短文が多いが、それでも話は聞いているので、アルベルトはそのまま続ける。

「ほら、お前だって俺だって、昔のこと話すだろ。でもあいつは何も教えてくれねぇだろ？」

愚痴を言っているようで、かっこ悪いとわかっていたが、どこかに気持ちを吐き出してしまいたかった。

「……でも、いつも一緒にいると楽しそうですよ」

モンタナはぽつりとそう言って、自分の作業に戻ってしまった。しばらく待っていても、その後に続く言葉は何もない。いつものモンタナだった。アルベルトは誰に言うともなしに呟く。

「あいつの、どこが楽しそうなんだよ」

コリンと一緒の仕事場になったとき、ハルカの話ばかりされて辟易《へきえき》としたことがあった。コリンが得意とする計算や商売の話をしても、理解してもらえるのが嬉しいらしい。

アルベルトにしてみれば面白くなかった。面白くなかったから返事をしなかったら、しばらくしてコリンは話しかけてくるのをやめた。

「なによー、感じ悪いったら」

その一言を最後に、二人は話すのをやめて仕事に集中した。うるさい声が無くなったのに、その日のアルベルトの仕事は、一向にはかどらなかった。


ハルカが七級に昇級した。コリンとモンタナは八級、アルベルトだけが九級のままだった。

「アルだけ置いてけぼりー」

コリンが遠慮なくそう言ってくるのは、いつものことだった。腹は立ったがそれだけだった。

「コリン、そういうのはあんまり……」

ハルカがそう言ったとき、アルベルトの気持ちは一度ぷつんと切れてしまった。テーブルを叩いて立ち上がる。

「ムカつく。そうやって俺のことガキ扱いして、馬鹿にしてるんだろ！」

捨て台詞《ぜりふ》を吐いて立ち去る。

本当はただフォローしてくれているだけかもしれないとわかっていたのに、溜まっていたストレスを爆発させてしまった罪悪感があった。立ち去り際に見たハルカの顔が目に焼き付いて離れない。一度目を大きく見開いて、それからスッと細めて、俯《うつむ》いたように見えた。アルベルトには、それが凄《すご》く寂しそうに見えて、急に心がギュッと締め付けられたような気がした。

次の日の朝、仕事でコリンとモンタナに会った。ハルカは買い物に出ていて今日は休みなのだとモンタナが教えてくれた。むすっとした表情をしていたコリンだったが、仕事が始まった頃に、アルベルトに話しかけてくる。

「あんた、ハルカに謝りなさいよ」

「なんでだよ」

アルベルトも、どこかで謝りたいとは思っていたが、人から言われると反抗したくなってしまう。

「あいつ、いつもすました顔して、何も教えてくれねぇじゃん。どうせ仕事ができない俺のこと馬鹿にしてるから、何も言わねぇんだよ」

心の奥底にしまってあった思いが、嫌な言葉となって口から漏れだした。余計なことを言ったと思ったときには、コリンに脛《すね》を蹴飛ばされ、アルベルトはその場にうずくまることになった。

「さいってー。ハルカがあんまりしゃべらないのは、昔の記憶がないからでしょ」

「いってぇな！　意味わかんねぇよ！」

「わかんなくない！　ラルクさんに保護される前のことは何にも覚えてないって言ってた！　家族のことも故郷のことも、何にも！　どうして昔の話をしないのって聞いたらすぐ教えてくれたわよ！　勝手に想像して、勝手に嫌って、馬鹿じゃないのアンタ！」

とにかく謝ってくるように最後に念押しして、コリンはその場を立ち去った。

もうそれほど痛くもないのに、いつまでもうずくまっているアルベルトをモンタナが見守る。

「……お前も謝った方がいいっていうのかよ」

「……です」

「わかってんだよ、俺だって。悪かったと思ってるよ」

「ですね」

モンタナはうるさいことを言わずに、その日はずっとアルベルトの横で仕事をしていた。アルベルトはミスばかりしていたが、モンタナがフォローしていたので、大きな事故には至らなかったのが幸いだった。

夜になったら、食事のときには謝ろう。そうやって重い足取りでたどり着いた食堂に、ハルカの姿はなかった。大抵最初に食堂に来て、席を取って待っているので、姿が見えないのは珍しかった。

じっと食堂の入り口を見ていて、アルベルトが現れると、わかりやすく手を上げて手招きを

する。思い出してみれば、確かにそのときの顔は、心なしかいつもより嬉しそうだったように
も思えた。ずきりと胸が痛む。

今日はその姿がない。

食堂を見回すと、ぶすっとしたコリンと、ぼんやりしているように見えるモンタナが、四人
掛けのテーブルに二人で座っていた。近寄るとコリンが険しい表情でアルベルトを睨みつける。

「あんた、まだ謝ってないでしょ」

「来たら謝るって」

コリンは立ち上がると、アルベルトの肩を乱暴に押した。

「……来ないわよ。早く謝ってきて！　早く、ほら！　さっき訓練場にいたから！」

抵抗する気力も起きずに、そのまま食堂の外まで追い出される。食堂の入り口では、コリン
が仁王立ちして待っているから戻ることもできない。

アルベルトは、肩を落としてとぼとぼと訓練場へ向かった。


日が落ちた後の訓練場は、ほとんど無人になる。

端っこの地面に座って、小さくなっている人影を見つけることができた。フードを深くか
ぶってはいるけれど、そこからはみ出す長い銀の髪が、月明りでキラキラと輝いていた。

ぼんやり夜空を見上げている姿が、ひどく寂しそうに見える。

近づいていくと、足音に気付いたハルカが顔を上げてアルベルトを見た。

「あー……」と意味のない声を漏らして、それから口の中でもごもごと不明瞭なことを言ってから、結局顔を伏せて「すみませんでした、ごめんなさい」と謝ってきた。

謝るのは自分の方だとか、こっちを見て言えとか、いろいろ言いたいことはあったのだが、何を言ってもうまく伝わらない気がして、アルベルトはその場に立ち尽くした。

「私、嫌な奴でした。あなたたちに誘ってもらえて、嬉しかったんです。色んなことができて、役に立てて嬉しかったんです。馬鹿になんてしたつもりはありませんでした。頑張っていたら、喜んでもらえると思っただけなんです。

たかもしれません。ごめんなさい」

ハルカはゆっくりと立ち上がって、アルベルトの方を向かずに「本当に、ごめんなさい」と呟いた。もはや誰に謝っているのかもわからない。謝罪だけを繰り返して、ただ自分のことを否定しているようにも見えた。

「あまり話さなかったのは、私に話すような大したことがなかったからです。あなたたちみたいに夢とか、未来とかを想像するのが得意ではなくて……。目的もなく、ただ寄りかかっているばかりで、きっと不快だったでしょう」

見当違いのことを言いながら、ハルカは空を見上げたまま一歩一歩アルベルトから離れていく。表情はよく見えない。

「私ね、やっぱり一人でやっていった方がいいと思うんです。あまり人と接するのが上手ではないので。でもね、あなたたちのことは好きなので、もしどこかですれ違ったときに、避けないでいただければ嬉しいです」

アルベルトは立ち去ろうとするハルカのローブをしっかりつかんだ。ここで黙って見送ったら、二度とハルカに会えなくなるような嫌な予感がした。

「違う……、勝手に決めんな」

謝るつもりだったのに、口について出たのは生意気な言葉だった。アルベルトは唇を一度強く嚙《か》んでから続ける。

「俺は、ハルカが凄い奴だと思ってて、でも、俺だっていろいろできるんだ。まだ新人で、ハルカみたいに大人っぽくねぇから、今は微妙かもしれねぇけど、まだまだできるんだ。こんなもんじゃねぇんだ。ホントはもっとハルカのことを知りたかったし、認められたいのに、うまくいかなくて。……だから悔しくて、ホントにムカつくのは自分で……」

話しながら段々と喉が詰まるように言葉が出なくなる。まっすぐ前を向けない。

本当はハルカに対してイラついていたのではなくて、自分の力のなさに腹を立てていたことに気がついてしまった。すごい奴であるハルカに認めてほしくて、仲間だと思って頼って欲しいのに、そうしてもらえないことが悔しかったのだ。

まるでただの子供みたいだと思った。恥ずかしくて情けなくて、顔があげられない。

ハルカが振り返ってフードを外したのがわかった。アルベルトはぎゅっと目をつぶる。

何を言われるのか不安だった。幻滅されたに違いない。

元々ハルカは、自分たちが誘ったから仲間になってくれただけなのだ。これを機に釣り合わない自分たちから離れてしまおうと思っているらしかった。そう思うと、悔しくて、不甲斐《ふがい》なくて、涙があふれてきそうだった。

ゆっくりと目を開くと、月明りで作られたハルカの影が見える。腕を動かして、上げたり下げたりと不審な動きをしていた。

勝手なことばっかり言ったから、叩かれるのかもしれない。それで済むのならまだいいと思った。それくらいでまた機会がもらえるのなら、それでよかった。

俯いているアルベルトの頭に、ポンと手が乗せられた。それはぎこちなく頭の上で行き来して、髪の毛を撫でつける。

「……ごめんなさい、誤解させていたんですね。私もね、アルのことをすごいと思っていたんですよ。まっすぐ目的に向かって走っていける姿が、眩《まぶ》しかったんです。いつも怖いことから逃げてしまう私は、多分本当は、あなたみたいになりたかったんですよ」

アルベルトが黙り込んでいると、ハルカはぽつりぽつりと言葉を紡ぐ。

「だからね、本当はまだ、一緒に冒険者をしていたいんです。ほら、私たちは、まだろくに旅もしたことがないでしょう？」

アルベルトが目元を袖で拭う。ハルカがどんな顔をしているのか見てみたいと思ったのだ。

「明日からまた一緒にご飯を食べてもいいですか？　実は私、コリンにもうパーティから離れようと思いますって相談してしまったんですよ。やっぱり一緒にいたいというのは恥ずかしいので、一緒に言い訳してくれませんか？」

アルベルトが大きく頷き、顔を上げる。その拍子に頭から手が滑り落ちた。

月を背負ったハルカの顔は、はっきりと見えなかったけれど、優しく、穏やかに微笑んでいるように見えた。

◆

「お、お目が高いねぇ。そいつは一つ金貨一枚だ！」

「それは、高いですね……。うーん」

まじめに手持ち金を見るハルカに、アルベルトは後ろから突っ込みを入れる。

「それ、冗談だからな」

「……もちろん、わかってましたよ」

あれからあと、ハルカが微笑んでいるのをアルベルトが見たのは、まだほんの数回だ。それでも最近は、ハルカの考えていることもなんとなくわかるようになってきた。

嫉妬なんて必要ない。

アルベルトにとってハルカは、優しくて頼りになるけれど、抜けたところが多くて目が離せない、大切な仲間の一人だ。

〈遠征依頼〉

一、互いの認識

〈斜陽の森〉は〈オランズ〉を含め、国全体に良質な木材を提供している。

林業を営む者たちが、恙《つつが》なく活動できるよう護衛を務めるのも、〈オランズ〉の中級冒険者の仕事の一つだ。

広大で豊かな森には、肉食の動物だけではなく、魔物もたくさん住み着いている。木こりの護衛をしていると、魔物の集団にぶち当たることもあれば、まったく出遭わない日もあった。

魔物の討伐はギルドが常設依頼として出している。そのため、もし集団に出遭っても無事に乗り切ることができれば、臨時収入を得ることができる。

最初にタイラントボアを討伐したハルカたちにとって、〈斜陽の森〉はそれほど恐ろしい場所ではない。初めて出遭うような魔物もいなくなり、対処の仕方もこなれてきた。

本来ハルカたちくらいの等級であると、魔物一体を相手にするのも命懸けだ。

そうならないのは、各々の戦闘能力が非常に高いおかげだった。

アルベルトの剣の腕は、この階級の中では頭一つ抜けている。自分よりも大きな魔物の首を一刀両断する姿はすさまじい。また、コリンの弓は正確で、ほとんど外すことはない。それだけではなく、魔物に接近されたときも、変わった体術でそれを上手に捌《さば》くのだ。

話を聞いてみると、どうもコリンは羽振りのいい商人の末っ子なのだという。冒険者になると言い出した頃から、親にいい師匠をつけてもらって、訓練してきたのだそうだ。どうりで無駄のない正確な動きをしている。

モンタナは、無駄なく急所を突くような正確な動きで獲物をしとめる。アルベルトとはまた違った動きをするが、やはりその剣術は洗練されていた。また、いつだって獲物が現れるとき、一番に気がつくのはモンタナだった。

ハルカは仲間たちの戦う姿を見るたび、情けない気持ちになる。魔法を使うことができるし、体も丈夫だが、それだけだ。彼らのような技術は何も持っていない。足を引っ張っているような気分だった。

日々そうして落ち込んでいるが、仲間たちのハルカへの評価は高い。

最初にタイラントボアを討伐したときからわかっていたことだが、ハルカの魔法は強力だ。それだけではなく、体の丈夫さが、パーティに魔法使いを入れたときのデメリットを全て帳消しにしていた。

本来魔法使いというのは、身体能力にすぐれないものが多い。弓矢よりも火力のある固定砲台をするのが仕事だ。つまり、魔法使いを活《い》かすためには、パーティ全体でその安全を守る必要があった。

ハルカの場合、その労力が丸々なくなり、パーティの火力アップというメリットだけが残る。

仲間たちも、はじめのうちはハルカの安全を気にかけて動いていたのだ。しかし、やがてそれが必要のないことであると気づく。

転ぼうが、動物と正面からぶつかろうが、本人が申し訳なさそうな顔をするだけで、怪我《けが》をしない。どのくらい丈夫であるか検証するため、岩を殴ってみたことがあるのだが、巨大な岩が砕けただけで、ハルカの拳には傷一つつかなかった。

心配するのも馬鹿らしいとわかった後は、パーティの動きが格段に良くなった。最近ではハルカの方に魔物が突っ込んでいっても「捕まえといて」と声がかかるくらいだ。突進力があるホーンボアを、片手で受け止めて、その細腕で角を掴《つか》む姿はひどくシュールだ。そのうえ、空いた手からは魔法が飛んでくるというのだから、仲間たちがハルカのことを高く評価するのは当然であった。

大道芸のようなことをやってのけるハルカは、護衛対象である木こりの人々からも大人気だ。

「ねーちゃんすげえな、わっはっは、そんなことするやつ見たことねーぜ」

絶賛されながら、ハルカたちは今日も無事に依頼を終える。

ハルカはお世辞だと思って照れ隠しに頬をかいていたが、そんなことはない。このセリフは、ただただ木こりたちの本音でしかなかった。

◆

その日の護衛任務を終えてギルドに報告をすると、ついにアルベルトの冒険者ランクが五級に上がった。誕生日も同時に迎えたアルベルトは今日で十五歳になる。パーティの中では一番遅い成人だ。

この国では十五歳になると成人として扱われるようになる。

その日の夕食では調子に乗ったアルベルトが、初めての酒を飲んで大騒ぎした。冒険者らしい騒ぎ方に憧れていたのか、たいそうご満悦だ。

急性アルコール中毒が心配だったので、食べ物をすすめたり、席を立った隙にコップに水を混ぜたりして酒量の調整をしていたのだが、結局アルベルトは次々とコップをあけて、唐突にバタンとその場に倒れた。慌てて駆け寄ってみるが、どうもただ眠っているだけのようで一安心だ。若いからこそできる無茶な飲み方だが、心配なのでできればこれきりにしてほしかった。

アルベルトを長椅子に眠らせると、食事の席は随分と静かになった。誕生日も昇級も嬉《うれ》しいことだったが、これからのことを話し合いたいとも思っていたのだ。

「それで、これからどうするー？」

「いい遠征の依頼でもあるといいんですけど」

「です」

パーティ全員が五級以上になると、少しずつ遠征する冒険者が増えてくる。

近隣に出されている依頼だけを受けていても生活はできるが、階級を上げることを望むのならギルドや世間に力を示す必要があるのだ。

街に待機してタイラントボア討伐のような依頼を待つという手もある。しかし街を拠点とする多くの冒険者が同じことを考える以上、そういった依頼は奪い合いだ。待っているだけで階級を上げるのは難しい。

遠征をするというのは、別の街に依頼を探しに行くということではない。長期間街の外へ出る者の護衛に就くということだ。

街の外に出るものには様々なタイプがいる。

一攫千金《いっかくせんきん》を求めるもの、使命を帯びたもの、好奇心に突き動かされたもの。共通していることは、護衛のための金を惜しむことは滅多にないということだ。

金払いが良いということは、相応の身分があるということでもある。遠征任務は階級を上げるために必要な要素をすべて満たしていると言えるだろう。

それに加えて仲間たちの目的は、世界中を旅して立派な冒険者になることだ。功績を稼ぎながらあちこちに出かけることができるのだから、それ以外を選ぶ理由はない。

私はぐいっとアルベルトの残した酒を呷《あお》る。久しぶりに度数の高いアルコールを飲んだせいで、顔が火照《ほて》るのがわかった。新しいことに臨むのは不安だが、自分のケチな不安で仲間たちの夢を邪魔するのはごめんだった。

「そうだなぁ、できれば最初は合同遠征がいいかも。私たちノウハウとか持ってないし」

「ベテラン組のおまけくらいの方が心配がないですからね」

「……です」

護衛対象が多い場合は、メインの高レベルチームが雇われて、そのチームが他のパーティを誘うこともある。冒険者は横のつながりが大切なのだ。

遠征慣れしてくれれば、各地のギルドで依頼を受けることだってできるだろう。それが、旅をする冒険者の生き方で、仲間たちの理想とする冒険者の在り方だ。

二、酒盛り

最近生活が安定したせいかじっくりと考える時間が増えた。

なぜこの世界に転移し、なぜこの姿になってしまったのかと。

魔法のことを学べば学ぶほど、これが魔法によって引き起こされたことではないように思えてくる。世界を渡るような魔法のことなんて、どの文献にも載っていない。

試しに元の世界に帰りたいと強く願ってみるという手もあったが、片道でこちらに戻れなくなっては困る。中途半端に願いが叶《かな》ってこの見た目のまま戻ってしまったら、あちらでは研究所のモルモットだ。リスクが高すぎる。何より、新しくできた仲間たちと別れることになるのはとても嫌だった。

なぜという疑問の答えが欲しいだけで、私は帰って元の生活に戻りたいわけではないのだ。

世界中を旅してまわれば、いつかこの世界に来てこんな見た目になった理由がわかるかもしれない。仲間たちの目的と照らし合わせれば、これを自分のライフワークにするのも悪くない気がした。

エルフという種族は長生きだ。

長く生きるのであれば、人生の目的みたいなものがあってもいいだろう。誰も知らない謎に迫っていくというのは、いかにも冒険者らしい。

コップに新たに注いだお酒をグイッと勢いよく飲み干す。

正面からかたん、と音がして目を向けると、モンタナが平たい大皿にワインを注ぐという奇妙な行動をとっていた。

なみなみと注いだその皿の前でぐでっと脱力して、顎をテーブルに乗せる。そうして大皿を引き寄せると、口を寄せてずずずっとそれをすすった。めちゃくちゃに行儀が悪い。顔がだいぶ赤くなっていて、結構酔っているらしいことがわかった。

それを見ながら私もモンタナの置いた酒瓶を手繰り寄せ、自身のコップに注ぎなおす。

モンタナはベストなポジション取りができたのか、その姿勢のまま上目遣いで私たちを見上げた。

「続けてどうぞ、です」。

「モン君さぁ……まぁ、いっか……」

コリンは呆《あき》れたような、心配しているような表情で何かを言おうとしたが、すぐにやめた。

酔っ払いは放っておくことにしたらしい。

「っていっても、私たちは父さんたちに付いてって他の街に行ったりしたから、街の外を旅したことはあるんだよね」

「そういえばコリンのお父さんは商人でしたね。そうすると、旅の経験がないのは私とモンタナだけでしょうか？」

「僕は、あるです」

大皿を空にしたモンタナが、それを両手でぐらぐら揺らしながら答える。さっきまでなみなみ入っていたのがなくなっていた。あまり気にしていなかったが、すごいペースで飲んでいるようだ。

「【ドットハルト公国】からこの街まで一人で旅をしてきたです」

「一人！　護衛なしで!?」

驚くコリン。【ドットハルト公国】は、山を越えて南にある国だったはずだから、結構な距離を一人旅してきたのだろう。流石《さすが》モンタナだ。すごい。ぼーっとした頭の中でモンタナを称賛してぱちぱちと手を叩《たた》く。コリンに怪訝《けげん》な表情を向けられたが、何か変なことをしただろうか。わからない。

モンタナはだらしない姿勢のまま、また大皿にお酒を注いだ。酒を入れてあった大きな瓶が空になってしまって、モンタナはそれをつまらなそうにコロコロとテーブルの上に転がす。取っ手が引っ掛かって止まったので、落ちて割れてしまう心配はなさそうだ。

「一人です。山越えで山賊とかに追っかけられたです」

「うわぁ、よく生きてたね」

「走れば追いつかれないです」

モンタナは両手両足をパタパタさせている。いつもよりかなり子供っぽい仕草だった。いかにもな酔っ払いで可愛《かわい》い。

「てことは、街の外を旅した経験がないのはハルカだけかー。案外私たちだけで護衛依頼受けてもなんとかなるかも？」

私はそれを聞いて、唐突にちょっと悲しくなっていた。また一番年上の自分が一番足を引っ張っている状況。このままでは見捨てられてしまうのではないか。どうして自分はこんなに頼りにならないのだろうと胸がいっぱいになる。頑張りが足りないのだ、見捨てられないためにはもっともっと頑張らなければいけない。

◆

「あの、私頑張るので、見捨てないでいただけると助かります……」

「ですですです」

よろよろと手を伸ばしてくる、頼りないハルカを見てコリンはぎょっとした。モンタナは意味もなくコクコクと頷《うなず》き続けている。そこに至ってようやく、自分以外の全員が泥酔していることに気がついたが、もはや手遅れだった。いつも落ち着いている二人がこんな酔い方をするのは想像していなかった。

「み、見捨てない、見捨てないから。もう、今日はこれで終わり！　モンタナもそれで終わりよ。ちょっと、しっかりしてよハルカ！」

これ以上の話し合いは難しいと悟ったコリンは、早々に立ち上がって片付けを始める。よろよろとアンデッドのようについてくるハルカはそのままに、気持ちよさそうに寝転がってるアルベルトを小突いて起こす。

「ちょっと、部屋に帰って寝なさいよ」

「あんだよ……、うるせぇなぁ……。う、な、なんか、きもちわりぃ」

目を覚ましたアルベルトは青い顔をして、さっとどこかへ走って消えた。どう見ても手を貸してもらえそうにはない。コリンがテーブルを片付けて顔を上げると、今度はモンタナがテーブルに溶けるようにぐでっと眠っていた。

「ああ、もう！　ハルカ、モン君持ってきて」

「わかりました。私頑張ります」

モンタナを抱き上げたハルカは、コガモのようにコリンの後をついてくる。泥酔しても、倒れたり眠り込んだりしないだけハルカは幾分かマシだ。

「コリン、私役に立ってますか？　邪魔していませんか？」

「役に立ってる立ってる、ありがとハルカ！」

投げやりに返事するコリンの後をぺたぺたとついてくるハルカ。

コリンは、明日からパーティメンバーには酒を飲ませないと決めた。しかし、ハルカの様子がいつもより子供っぽくてかわいらしかったので、それだけは少し惜しいかなと思っていた。

三、準備

次の日の朝、すっきりと目が覚めてから、昨晩のことを思い出し頭を抱える。

泥酔した記憶なんて消えてしまえばいいのに、隅から隅まではっきりとすべて覚えている。今だけは記憶力のいい、この頭が恨めしかった。コリンが困った顔をして私をあしらっていた映像が脳内に鮮明に浮かんで、枕を抱いたままベッドの上を転げまわる。

申し訳ないことをした。いい年をして娘のような年齢の子に迷惑をかけて、恥ずかしくて仕方がない。

今日からは禁酒しよう。絶対にもうあんな醜態《しゅうたい》はさらしたくない。

私はしばらく転げまわってから、いつも以上に身だしなみに気を使って、すました顔をして仲間たちと合流することにした。できれば昨日のことについては触れてほしくなかった。これも大人の処世術だ。

大いに反省しているので、コリンには今回だけは見逃してもらいたい。

食堂で朝食をとっていると、アルベルトが頭を押さえながら、足に重りでもつけられたかのように、のそのそと現れた。あれは二日酔いだろう、かわいそうに。

「アル、あんたお酒控えなさいよ？」

「わかってる、ちょっとうるせぇよ」

立ち上がって注意するコリンに、苦い表情で返事をするアルベルト。

「うるさいってなによ！」

「やめろ、ごめんって、やめてくれ、頭がいてぇんだよ」

いつになく弱気だ。椅子に体を投げ出しながら謝ったアルベルトの姿に、コリンもそれ以上責め立てる気はなくなったようだ。ため息をついて椅子に座る。二日酔い、魔法でぱっと治せたりしないのだろうか。

「この調子じゃ今後の話はまた夜になるかしら？」

「そうですね、ちょっと休ませてあげましょう」

「んー、それじゃあ今日は買い物に行かない？　野営に必要そうな道具とか見繕いたいし」

「わかりました、私は詳しくないので色々教えてください」

食堂でぐったりするアルベルトを置いて立ち上がる。今日はゆっくり休ませてあげよう。

静かに石を削っていたモンタナはちらっとこちらを見て、またすぐに作業を再開した。自分には関係のない話だと判断したらしい。

「ほら、モン君も行くの。あなたが一番旅に詳しいでしょ」

「行くですか」

いつもは私だけがコリンに連れまわされているので、自分はお留守番と思っていたようだ。慌てて道具や石をぽいぽいと袖の中に放り込んで立ち上がった。

「俺、部屋で寝てる」

「あ、ゆっくりどうぞ」

私の返事に反応する元気もないアルベルトは、とぼとぼと食堂を去って行く。二日酔いが相当応えているようだった。


コンパクトにまとめられた調理器具を見て回る。料理はコリンが得意なので、私とモンタナはおまけだ。私は店を回って特別丈夫そうな、底の深いフライパンを手に取った。

重量はあるが丈夫そうで、しばらく使っても壊れそうにない。ガシガシ洗えそうだから、手入れにも苦労はしないだろう。背負い袋に括《くく》り付ければ、運ぶのにも不便はなさそうだ。この体は尋常じゃないほど力が強いので、重いというのがデメリットになりえない。持ち手もしっかりしており安定感がある。

「うわ、ハルカそんな鈍器みたいなの買うの？」

「ええ、丈夫そうでしょう？　いざというときには武器にもなります」

コリンの驚いた声に冗談交じりでそれを振ると、ブォンという鈍い風切り音が店内に響いた。何事かと店員が駆けつけてしまい、私はすみませんと頭を下げる。

「それ当たったら人が死ぬわよ」

「いや、そんなまさか……」

そうは答えたものの、自分でもそんな気がして強くは否定できなかった。

ふと振り返るとモンタナが店内の刃物類を見て、指先でつついたり光に当てたりしながら品定めをしている。モンタナが買い物に出て商品をじっくり見ているのは珍しい。大抵は気づいたら店の外でボーッとしているのに。しかし刃物の扱いは丁寧でこなれているように見える。

「モンタナは刃物が好きなんですか？」

まるでモンタナを危ない人認定しているみたいな言い方になってしまった。言葉に出してから反省したのだが、本人は気にした様子もない。

「父が鍛冶師です」

モンタナは持っていた包丁をもとの位置に戻し、私たちの方に振り返る。

「だから他人の打った刃物も、見てて面白いです」

「へぇ、モンタナもやっていたんですか？」

そういえばモンタナはドワーフに育てられたと言っていた。ドワーフと言えば鍛冶師というのが定番だ。手先が器用で、力強く、炎に耐性がある。

モンタナはドワーフの息子であったけれど、拾われた子らしく、どこからどう見ても獣人だ。以前話したときもそのことを気にした様子はなかったが、実際のところはどうなのだろうか。

そっと様子を観察すると、モンタナは意外にも嬉しそうに尻尾をゆるりと振っていた。

「そうです」

齢《よわい》十六で鍛冶もする、宝石加工もする、戦闘もこなせば、斥候《せっこう》のようなこともできる。随分と多才なことだ。仲間たち三人ともが、私の思う子供とは大きく逸脱した才能を持っている。

この世界ではそれが普通なのだろうか。

「じゃあ、いつかは鍛冶屋を継ぐ、とか？」

「んー……、継がないです」

さっきとは一転して、ためらいがちな返答だった。それから言い訳をするように言葉を紡ぐ。

「アクセサリーを作る方が得意ですし、今は冒険者してるです。自分を産んでくれた人捜すのも目的ですけど、冒険者をずっとやっていくのも楽しそうです。見たことないものと戦ったり、面白い人と会ったりできるですから」

「モン君がたくさんしゃべってる……！」

コリンが感動したようにそう言って、えらいねえらいね、とモンタナを撫《な》でまわした。

モンタナは少し嫌そうな顔をして、その手を押し上げた。私には頻繁に撫でさせてくれるが、年下から撫でられるのは流石に抵抗があるのかもしれない。

四、モンタナ＝マルトーという少年

モンタナ＝マルトーは獣人族の少年だ。

小さなときから自分に耳と尻尾が生えているのを不思議に思って育ってきた。なにせ両親にはそれがない。なぜ自分だけそんなものが生えているのか理解できず、漠然と、大きくなったら引っ込むのかなと思っていた。

モンタナの父は、【ドットハルト公国】でも有数の実力を誇る鍛冶師だ。

【プレイヌ】との国境付近に工房を構え、境目にある山脈でとれた質のいい鉄を加工している。工房には防具店や武器店も併設されており、ここに来れば良質な装備を一式揃《そろ》えることができるので、各地の武人や貴人が一流の武具を求めて訪れる。

【ドットハルト公国】は南に敵国である【グロッサ帝国】を抱えているため、国内の軍備の拡張が常に求められている。また、歴代のドットハルト公は代々武に優れており、武人を好む傾向がある。彼らの『良質な武器は良質な武人を育てる』という観念は、鍛冶産業の発展を後押ししていた。

そんな国の中で認められた、一流の職人であるモンタナの父は、弟子をたくさん抱えていた。ドワーフたちはご多分に漏れず酒好きが多く、酔っ払うとモンタナにもいろいろな話をする。

ある日彼らが、工房にきていた冒険者と浴びるように酒を飲んでいたときの話だ。

工房を訪れていた冒険者の若者が酔っ払って、なんで親子なのに種族が違うんだとモンタナに向けて問いかけた。迂闊《うかつ》な古参の弟子の一人が、その若者をぶん殴りながらも、うっかりと口を滑らせ、幼いモンタナがいる前で事情を説明してしまう。

そんなひょんな出来事によってモンタナは、自分が拾われた子で、獣人であることを知ってしまった。口を滑らせた本人は他の酔っ払いにつつかれて、しまったと慌てたし、無礼な若者は工房の外に叩きだされた。その場にいるドワーフたちは心配してモンタナの様子を窺《うかが》ったが、当人はいつもと変わらない涼しい表情をしていた。そうか、だから自分には耳と尻尾が生えていたんだなと納得したのだ。

とはいえ、両親と血がつながっていないと知ったとき、まるで悲しくなかったわけではない。

モンタナは父と母のことが大好きだった。

モンタナの父は頑固で、威厳があり、常に厳《いか》めしい顔をしている。モンタナはそれを真似《まね》ようと、顔にむむむっと力を入れてみることがよくあったが、うまく顔が作れない。ただ練習していくうちに、驚いたりしても動じず、涼しい顔を保つことができるようになっていた。

モンタナは工房に訪れる冒険者や武芸者の話を聞くのが好きだった。彼らはモンタナが乞《こ》うと、武器が完成するまでの間、自分の冒険譚《たん》や武勇伝を喜んで話してくれる。誰だって自分の誇るべきことは人に話したいものなのだ。

目を輝かせて聞くモンタナに、幾人かは剣の手ほどきもしてくれた。訓練方法や様々なテクニックを教わったモンタナは毎晩、自分なりにそれを行い技術を身につけていった。いつか自分と血のつながった両親を捜してみようかな、と漠然と思ったのもこの頃だった。

ところで、ドワーフ族の手先は器用だというのはよく知られている。

小さな頃からカンカンと鉄をたたく音に慣れ親しんで育ったモンタナは、いつか自分も鍛冶師になるのかもしれない、と思っていた。そんなモンタナに、弟子たちが休んだ後や、起き出す前のわずかな時間、父が鍛冶の仕事を教えてくれていた。

父はモンタナに鍛冶を教え始めて驚いていた。

モンタナが教える前から秘伝といわれるような技術を理解していること。そして自分の動きそっくりにハンマーを振るうことに。

体や力はまだ足りないが、生み出される作品は十分販売に耐えうるものだった。父は興奮し、ほんの少し違う部分や、ずれたタイミングを修正するために、何度も何度も手本を見せた。

モンタナはその技術を、砂漠に水がまかれたかのようにあっという間に吸収していく。父は自分の息子が天才であることを理解し、その才能を伸ばすべく毎日夢中になった。

ある日弟子の一人が、鍛冶に向き合う小さなモンタナと、自分の仕事そっちのけで息子につきっきりの親方を見て、ため込んだ怒りを爆発させた。

自分の息子だからと言って贔屓《ひいき》をしすぎだ、自分たちはモンタナが来る前からずっと一緒にやっているのに、そんな風に教えてもらったこともない。獣人族にいくら教えたってドワーフのような素晴らしいものが作れるものか、と。

親方はがりがりと頭を掻《か》いて、難しい顔をした。

確かに最近付きっきりだったことは良くなかった。モンタナの作品を売りに出していなかったのもまずかった。息子の作品を売るのがもったいなくなってしまい、倉庫にきれいに並べてしまっていたのだ。そのせいでモンタナの作ったものを見たことがない一部の弟子たちは、これだけ教わっても、碌《ろく》なもの一つ作れないやつだと思い込んでいた。

話し合いが紛糾《ふんきゅう》した結果、父の弟子の男が一人、モンタナと勝負をさせろと言ってきた。同じ素材で、同じ型の剣を打って、自分の方が優れていれば、モンタナにつきっきりになるのは金輪際やめろというのだ。

申し出に悩む父親の姿や、荒れる工房を見て、モンタナは落ち込んでいた。こんな光景は見たくなかった。

モンタナは天才だった。何かに対する専門家タイプではなく、なんでもこなす万能タイプだ。弟子たちの言うことも理解できたし、この勝負におそらく自分が勝ってしまうこともわかっていた。

その結果、親方と弟子の関係にひびが入るだろうこともわかったし、負けた弟子がここから去っていってしまうことまで見えていた。なにより兄のように慕ってきた人たちが、まるで自分を憎んでいるように、怖がっているように見えて、悲しかった。

小さな頃から、モンタナを邪険にせずに構ってくれたいい人たちなのだ。

新しいことを覚えるのが楽しくて、調子に乗って何かボタンを掛け違えてしまったのだと思った。

勝負に勝ってもよくない、わざと負けても父が悲しむ。どうしようもなくなって、モンタナはぽつりと呟《つぶや》いた。

「鍛冶は、うまくできなかったですから、今日でやめるです。ごめんなさい」

小さな声ではっきりとそう言って、モンタナは深く頭を下げて家の中へ引っ込んだ。

父は難しい顔をしていたし、勝負を言い出した弟子は慌ててモンタナを呼び止めたが、モンタナはそのまま戻ってこなかった。


この件以降、モンタナは鍛冶場に顔を出すことをやめた。

たまに心配をした弟子たちが近寄ってきても、モンタナは目も合わせずにさっと姿をくらますようになった。

これ以上彼らに近づいて、彼らを見てしまったとき、そこに負の感情を読み取ってしまうのが怖かった。モンタナは鈍感になろうと努めて、下を向き人の顔を見ないことにした。

　家の中で過ごしていると退屈で、たまにこっそり鍛冶場を覗《のぞ》いてしまう。もちろんバレないように気を付けてだったが。

何かやることがないかと思っていたとき、石の山の中にきらりと光るものをいくつか見つけた。

一度気付くと、あちこちにそれがまぎれていることがわかる。削ったら綺麗《きれい》な石になりそうだと思った。気まぐれに、それを使って何かを作ってみようと思った。

父に許可を取り、人のいないうちにこっそり綺麗な石を集める。

部屋に戻り一人でかりかりとその石を削る毎日が始まった。

一年が過ぎ、二年、三年が過ぎた頃、モンタナはすっかり宝石の加工が得意になっていた。初めて自分の納得いく指輪を作ることができたとき、モンタナは嬉しくなって、父と母にそれをプレゼントした。

父はふんと鼻を鳴らしそれをはめて顔をそらした。本当に気に入らなければ身に着けたりしないし、はっきりと言うのが父だった。この仕草がただの照れ隠しであることを、モンタナは知っていた。

母はそれと対照的に大いに喜んでモンタナを抱きしめてくれた。ここ数年すっかり引きこもりがちになったモンタナを心配していたのだ。立派に新しい技術を身に付けていたモンタナに、感極まって涙まで流していた。

十四歳になったモンタナはいつもの通り、一人、部屋にこもってアクセサリーを作っていた。工房にいる弟子たち一人一人の顔や性格を思い浮かべながら、それをたくさんたくさん作って、自分の誕生日に両親へ手渡した。

迷惑をかけてしまったが、お世話になった弟子たちへのお礼だった。いつか自分の勇気が出て、鍛冶に対しての未練がなくなったら、昔みたいに楽しく話せるようになりたかった。

そうして父と母に伝える。

「冒険者になって、世界中を回ろうと思うです」

両親はモンタナがいつもこっそり剣の訓練をしているのを知っていたし、いつかそんなことを言い出すかもしれないと覚悟はしていた。

母はやっぱり別れを惜しんで、笑い泣きした。

父は相変わらず仏頂面をしていた。

出かける日の朝、父はモンタナに一振りのハンマーを手渡して言った。

「それは、俺が親父《おやじ》から受け継いだハンマーだ。大したものじゃねえが、お前が一人前と認めたときに渡そうと思ってた。挫《くじ》けたりするな、遠慮なんてするな、我慢するな、決めたことは成し遂げろ」

父は怖い顔で、目一杯眉間にしわを寄せたまま続ける。

「それでも……どうしても辛《つら》くなったら工房に帰ってこい。簡単に逃げたり諦めたりしちゃいけない。いけないが、それでも……俺はお前が生きている方がいい。後悔の、ないようにな」

それだけ告げると父は、くるりと後ろを振り向き工房へ戻っていってしまった。

ただモンタナはわかっていた、あの恐ろしい表情は、父が泣きだしそうなのを我慢しているだけだと。

モンタナは歩き出す。自分も泣きそうになって、上を向きながら歩いた。

街から出るあたりで、呼び止められる。よく知った声だった。モンタナと勝負をしようとしていたあの弟子だ。

「おい、何も言わないでいなくなるなんて薄情じゃねえか」

体をこわばらせて、下を向き少し小さくなった。顔を上げられなかった。何を言われるのかわからず怖かった。モンタナは彼のことが嫌いじゃなかったからだ。

「……お前の方が俺より才能があるってわかってたぜ。俺はあの勝負で、お前に引導を渡してもらおうと思ってたんだよ。あそこで俺が負ければ他の奴《やつ》らも何も言えなくなると思ったんだ。すっかり顔も出さなくなって……。このままいなくなるつもりだったのかよ」

彼は近づいてきて乱暴にモンタナの頭を撫でた。

「おかげで諦めずに頑張らなきゃいけなくなったじゃねえか。……辛い思いさせただろ、悪かった、本当に悪かった。ずっと謝らなきゃいけなかったのに、散々逃げ回りやがって。でも大人からこんなに長いこと逃げ回れるんだ、きっといい冒険者になれるぜ、頑張れよ」

ぽろぽろと涙があふれてきて、モンタナは乱暴に撫でる彼の胸をたたき、距離を離した。ずびっとはなをすすって、街の外へ歩き出す。

「言われなくても、頑張るです。鍛冶師になるより、有名になって、そのうち武器作ってもらいに来るですから、せいぜい腕を磨いておくです」

後ろから聞こえてくる泣き笑いの声に見送られながら、モンタナは十数年ぶりに声を出して泣いた。

モンタナの冒険者への第一歩は涙と共に始まった。

五、遠征依頼

ハルカたちが買い物を終えると、もう日が傾き始めていた。

夕食をとるために帰ってくると、受付にいたドロテという女性に声を掛けられる。

「あ、ようやく帰ってきましたね、ちょっと待っていてください」

ドロテは対応していた冒険者への報酬を支払い、目の前に『休止中』と書かれた木の板を置いた。ちょいちょいと三人を手招きして、簡易的なボードで区切られた個室へ案内する。

ドロテには、冒険者登録の翌日に、受付前で一度怒られている。今回も何か悪いことをしたのではないかと、ハルカは一人ドキドキしていた。

腰を下ろすように促され座ると、ドロテも対面に座り、手に持っていた一枚の紙を差し出した。

「依頼書です。あなたたちにお話しして、断られたら依頼ボードに貼り出すつもりです」

三人ともが身を乗り出してそれを覗くと、ドロテは笑って依頼書の向きを変えた。若い冒険者たちが前のめりになっている姿が微笑《ほほえ》ましく見えたのだろう。

依頼書には使節団の護衛、と書かれていた。

目的地は【神聖国レジオン】。〈オランズ〉からずっと西に進むとたどり着く隣国だ。少し前にそれらしい集団を見かけたことがあるのを、ハルカは思い出していた。

【レジオン】は軍事力だけ見れば、北方大陸の四つの国の中では一番低い。代わりにオラクル教と呼ばれる宗教の総本山があり、中立国として世界中から支援をされている。神が初めて降り立った地と呼ばれる〈ヴィスタ〉には、各地から学者や研究者が集まる学園もあり、世界文化の中心であるとも言われていた。

急にそんな格の高そうな依頼を受けていいものなのか、ハルカは不安に思う。

「私たち、遠征任務したことないけど、いいんですか？」

「いいかどうか、と言われると悩みますが」

一度口を閉じて、視線をそらして考えるそぶりをした後、ドロテは続けて言った。

「タイラントボアを四人で討伐できますし、今のところ目立った失敗も聞きません。護衛依頼を受けたときの依頼者からの評判もいいですし、何より今回は街の商会からの推薦です。先方が帰りに護衛を頼むなら誰がいいか、と尋ねたときに、あなたたちなら面白いし実力があるから安心ですと答えたそうですよ」

ドロテはこのパーティを気に入っていた。できればよい依頼を受け、順当に羽ばたいてほしいという希望がある。

ドロテが受付の仕事についてから、そろそろ十年になる。繰り返す業務はもはや日常となり、考え事をしながら仕事をこなすことも容易《たやす》い。毎日現れるたくさんの冒険者たちの品定めをしながらいつも受付に立っていた。

アルベルトは年相応に元気で実力もあり、未来が期待できる冒険者だ。短気そうなのが玉に瑕《きず》だが、仲間の注意には耳を傾ける様子が見られる。

コリンは年の割に冷静で、金勘定もできるし、物怖《ものお》じしない度胸もある。できれば受付に欲しいくらいだ。きっと優秀な後輩になるだろう。

ハルカは見た目の割に丁寧な物腰で、その上噂《うわさ》になるほどの魔法使いらしい。タイラントボアを仕留めたのも彼女の魔法であると聞いた。あれほどきれいな切断面を見るのは初めてだった。

そしてなんといってもモンタナがキュートだった。サイズが小さくて、耳も尻尾も可愛い。

ドロテは無自覚であったが、耳や尻尾の生えた獣人族の少年が大好きだった。端的に日本の言葉で表現するなら、ケモナーでショタコンだった。

今も少し興奮しているように見えるモンタナの姿が可愛くて、ドキドキしていたが、そんなそぶりは微塵《みじん》も見せずに話を続ける。そういえばアルベルトがいないことにようやく気付いたが、モンタナが可愛いから別にいいかと思い、話を続ける。

「あなたたちが今までまじめに働いてきた結果です。確かに経験は足りないと思いますが、あちらも元々自前の護衛は雇っています。あなたたちに求められているのは、縁です。彼らも各地を巡る上で、将来有望な冒険者と知り合うことは大切なんですよ」

彼らは互いの顔を見て、頷きあう。

コリンが依頼書を手元に寄せて、満面の笑みで答えた。

「この依頼、受けます。詳細を教えてください！」


「……俺も悪いぜ、酔っ払って寝込んでたわけだし、でもな、でもさ！」

気まずい表情を浮かべ、三人は一斉にアルベルトから目をそらした。責められている理由はわかっていたし、確かに申し訳ないと思っていたからだ。

「そんな大事なこと決めるなら、俺のこと呼んでくれたっていいじゃんかよ！」

「いや、うん、そう。なんかごめんね」

目をそらしたまま謝るコリンにアルベルトが立ち上がった。

「ねぇ、お前ら本当に俺のこと呼ぼうって思わなかったの？　少しも？」

「…………です」

長い沈黙の後、モンタナが放った一言は、肯定だった。

ハルカは沈黙を守る。途中からドロテの言葉に嬉しくなり、興奮して、アルベルトのことをすっかり忘れていた。言い訳の言葉はない。

依頼書を受け取った後、食堂に欠伸《あくび》交じりのアルベルトが現れたとき、全員が一瞬『やべぇ』という表情をした。アルベルトにばれないように三人でアイコンタクトを交わすが、何かいい案が出てくるということもなく、今に至るというわけだ。

「しかも、なんかお前らは遠征に行く準備してるし……、なんだよなんだよ、くそ！　俺、もう絶対酒なんか飲まねえ！」

「……あ、明日みんなでアルの遠征道具、買いに行きましょうね？」

アルベルトも悔しそうにはしていたが、遠征任務が楽しみなのか、しばらくすると何を買おう、お前らは何を買ったんだ、とウキウキし始めた。段々と嬉しさの方が勝ってきたのか、解散する頃にはいつもの調子で、みんなに声をかける。

「よし、じゃあ明日はみんな寝坊するなよ！」

アルベルトが単純でよかった。ハルカはほっとするのと同時に、彼の素直さを微笑ましく思うのであった。

六、中型竜と依頼人

当日の天気は晴れでも雨でもなく、たまに太陽が見え隠れするくらいの曇天だった。この天気で旅の良《よ》し悪《あ》しを占うとしたら、トラブルには気をつけよう、といった感じだろうか。

私はヴィーチェから貰《もら》ったローブをしっかりと着込みフードを深くかぶる。不思議なことにこのローブは外気温にかかわらず、体を適切な温度に保ってくれる。絶対にお高い一品なのだけれど、怖くて値段を聞くことができなかった。

待ち合わせ場所である街の西門につくと、すでに幾人かが出発の作業に取りかかっていた。

使節団は各地の教会に交替の人員を送り込むのと同時に、その土地の名産品を買い入れて帰っていく。どうやら〈オランズ〉では木材やその加工品を大量に購入したらしく、荷台にそれを積み込んでいた。

【レジオン】側の主要人物たちが来るまで特にすることもない。

黙って働く姿を見ているのもなんだと思い、私たちは軽く自己紹介をしてから彼らの積み込みの手伝いをすることにした。重い荷物をひょいと持ち上げて運ぶと、それに対抗するようにアルベルトも顔を真っ赤にして大きな荷物を持ち上げる。

変に声をかけるとまた意地を張るので、私は横目でそれを見ながら作業に取り組んだ。全ての荷を積み終えると、指示を出していた男性がアルベルトに声をかけた。

「いやぁ、若い人がいると仕事がはかどっていいねえ。しかし君たちは護衛なんだから、こんなに手伝ってくれなくてもよかったんだよ？」

「気にすんなって。動いたら目が覚めてちょうどよかったぜ」

額に汗を流しながらアルベルトは強がって答える。実際体力はあるので、少し休めばすぐに元気になるだろう。初めての遠征前に息を切らすのは、ちょっと問題があるような気もするが、まぁ許容範囲だ。

四十歳ほどの人のよさそうなその男性は、細い目をさらに細めながら続ける。

「なんにしても助かった。私はコーディと言うんだ。荷物管理と地竜の世話役ってところだね。これからどうぞよろしく」

コーディは荷車の前にいる四足歩行の竜を見てから、アルベルトに向かって手を差し出した。

「ああ、手伝えることがあったら遠慮なく言ってくれよな」

アルベルトもその手を取りぎゅっと握った。

そんな微笑ましいやり取りがおこなわれている中、私はコーディの言う地竜という生き物に目を奪われていた。

巨大なトカゲのような姿をした地竜の足は恐竜のようにとげとげしており、体高は私より頭一つくらい小さい。体の下の方に重心があって横幅が広いので、ちょっとやそっとじゃ転びそうもない。きっと力もとても強いのだろう。

顔はごつごつしているが、穏やかで少し眠たそうな目をしていた。ベロッと長い舌を出したり引っ込めたりしているのは、いかにも爬虫類《はちゅうるい》っぽい仕草だ。

街の上空を飛ぶ豆粒のような竜を遠くに見ることはあったが、こんなに間近で本物を見るのは初めてだ。

ファンタジーの世界といえば、剣と魔法、そしてドラゴンだ。まるで恐竜のような迫力。日本じゃ絶対にお目にかかれない生き物。

手を伸ばして触ってみたいと思ったが、もし怒って暴れ出してしまっては困る。勝手に触ったら使節団の人からも怒られるかもしれない。中途半端な位置に伸ばした手を引っ込めて、私はぐるりと回りながら地竜の観察を続けた。

しばらくそうしていると、コーディと名乗った男性がこちらに歩いてくる。

「お嬢さん、竜を見るのは初めてかな？」

地竜の頭を撫でながら尋ねられて、私は黙って頷いた。

「こいつはオジアンって言うんだ。大人しいから撫でてもいいよ。生まれた頃から人に馴れているからね。黙々と作業をしていたから、もっと大人なのかと思っていたのだけれど、もしかして君は結構若いのかな？」

許可を貰ったことに興奮して、私はそろりとオジアンの頭に手を伸ばした。何か質問をされた気がしたが、耳にはあまり良く入ってきていない。

ごつごつした頭を撫でると、思ったよりヒンヤリとしている。小さな頃捕まえたことがあった、かなへびにそっくりの触り心地だった。これだけ大きいと撫でまわしても驚いて逃げ出してしまうことがないのが嬉しい。

「わっ」

長い舌がベロンと伸びて手の甲に触れ、思わず声を上げてしまった。嚙《か》みつかれたわけでもないのに、過剰な反応をしてしまったことが恥ずかしい。オジアンは身じろぎもせずに私の手の動きを視線だけで追いかけている。

「握手のつもりかもしれないね」

ぽんぽんとオジアンの頭を軽くたたいてからコーディが手を差し出す。

「コーディだ。よろしく、フードのお嬢さん」

フードのお嬢さんと言われてはじめてハッとする。慌ててフードを外してその手を握った。挨拶をするのに顔を隠したままなんてあまりに失礼だ。遠征の日程はおよそ一月。いつまでもフードで顔を隠しておけるわけもないのだから、さっさと外しておくべきだった。

「ハルカ＝ヤマギシと申します。どうぞよろしくお願いいたします」

両手で握り頭を下げる。

「いやぁ、聞いてはいたけど本当にダークエルフなんだね。昔南方で一度見たきりだ。丁寧な挨拶をありがとう、ハルカさん」

物珍しそうな反応に少し不安を覚えた。自分の見た目のせいで仲間や護衛対象に迷惑があっては困る。

「珍しい種族がいると不都合があったりするでしょうか？」

「特に不都合なんてないさ。ただ、うーん、まあ心配しなくても大丈夫なはずさ」

大げさに手を振ってそれを否定されたが、途中から何かを言い淀《よど》んだのはわかってしまった。

そんなことをされては心配するなと言われても難しい。

「もし何かあるのでしたら、あらかじめ教えていただければ気を付けますが」

「ハルカさんが気にするような話じゃないんだ。気を悪くしないでほしいのだけど、近頃ダークエルフが破壊の神によって生まれた、とか言い出す子たちがいるらしくてね。こっちの方じゃあまり見ないせいで、偏見を持っているのだろう。連れてきている子たちがそうじゃないといいのだけれど」

「それは……、顔を隠した方がよさそうですね」

「いやいや、護衛って言っても別に従者ではないんだ。そっちにばかり苦労を掛けるわけにはいかないよ。私からもよく言い含めてみるけど、もし不快なことがあったら遠慮せずに教えてほしい」

顔を隠すことはそれ程苦ではないのだけれど、ばれたときに何で隠していたと追及されても困る。意地を張るようなことじゃなかったし、なによりコーディがちゃんと大人の対応をしてくれそうなので信用してみることにしよう。

ローブをもらって以来癖になってしまってずっとフードをかぶってきたけれど、別にこの容姿のせいで人から差別されたことは今のところない。きっと今回だって大丈夫だろう。

「ではお任せします。そちらからも何かあれば教えてください」

話を早々に切り上げたのは、早くオジアンの観察に戻りたかったからだ。

ふいに冷たい風が長い耳を撫でて通り過ぎる。そういえば地球での爬虫類たちは冬になると姿を見せなくなっていたが、竜はどうなのだろうか。いかにも爬虫類っぽい見た目をしているのだが、冬眠はしないのだろうかと疑問に思う。

気候はこれから寒くなる一方だ。途中で動かなくなってしまっては大変だ。

「コーディさん、竜というのは冬眠しないのですか？」

「あぁ、冬眠するやつのことは竜と呼ばないいんだ。そういうのはどんなにデカくてもトカゲって呼ぶ。竜はね、体の中に火炎袋を持っていて、体温を自分で調節できるんだ。だから多少動きが鈍くなったりはするが、冬でもしっかり働いてくれるよ」

「そうなんですね。火炎袋ということは、火を吐いたりも……？」

「そんな種類もいるね。ハルカさんは竜が気になるのかい？」

「ええ、かっこいいですから」

「うちの息子と同じようなことを言っている。おっと……やっぱり冒険者っていうのは好奇心が旺盛だね」

いつの間にかオジアンの背中によじのぼろうとしているモンタナを見てコーディは笑った。怒られなくてホッとするのと同時に、ちょっとうらやましくも思う。私もあれくらいの行動力があるといいのだけれど。

よじのぼられているオジアンもぎょろりとモンタナのことを目で追っているが、好きにさせているようだった。

「モンタナ！　交替、交替！」

「はいです」

ぴょんとモンタナが飛び降りると、今度はアルベルトがよじのぼる。楽しそうでうらやましい。流石にこれに交ざっていくのは恥ずかしいけれど、今はその羞恥心を捨ててしまいたかった。年を取ると妙に自意識が育ってしまって困る。

心の中で『私は四十三歳』と唱えながら、なんとか子供心を押し殺す。

唱えていて思い出したが、この世界に来てからもう半年が経過しようとしている。

誕生日もすでに過ぎているはずだから、そうすると年齢は四十四歳。いよいよアラフィフまであと一歩となる。

一人で悶々《もんもん》とそんなことを考えていると、遠くから青と白で統一された服装の集団が歩いてきた。その集団はそのまま歩みを緩めることなく私たちのもとへとやってくる。重そうな鎧《よろい》を着込んだ人物が、コーディのもとへと駆けつけて姿勢を正した。

「コーディさん、相変わらず早いですね。それとも我々が遅れましたか？　どうやら護衛の方々も、もういらしているみたいですね」

「いやぁ、少し早いくらいじゃないかな。しかしいいタイミングだったよ、おかげで護衛をしてくれる皆さんと交流することができたからね」

新しいメンバーが合流したのが見えたのか、アルベルトが慌ててオジアンから飛び降りてくる。流石に竜の上からご挨拶はまずいと思ったらしい。ちなみにモンタナはちゃっかり先に来ていた。

「こちらの皆さんが護衛の方ですか？　いや、聞いていた通りお若い」

男は顎を撫でながら私たちに語り掛けてくる。表情の変化はなかったが、私のところで一瞬視線を止めたのがわかった。やはり珍しいからだろうか。

いかにも強そうなその人物は、おそらく【レジオン】にいる神殿騎士なのだろう。一人一人が上級の冒険者並みの実力を持っているそうで、領土を巡って街道を守ったり、国の重要人物の護衛をするのを主な仕事としていると聞いた。

それにしても、目の前の騎士は随分と立派な割れた顎をしている。青い瞳も割れた顎と相まって、ファンタジーで想像する立派な外国人のイメージそのものだ。三割り増しくらい強く見える。

彼の部下になるのか、後ろから似たような鎧を着た人たちが三人追いついてきて、それから少し遅れてローブを着た少年が二人歩いてくる。

全員が同じような色の装備をつけているものだから、それだけで威圧感があった。

「荷物の積み込みは終わっているようですね。我々もいつでも出発できます。護衛の皆さんの準備がよければ、早々に出立するとしましょうか。私は神殿騎士のリーダー、デクトです。他の者の名前は旅の途中にでも聞いてください。その方が旅の楽しみが増えるってものです。よろしいですか、コーディさん」

「うん、それがいいかもしれないね。それじゃあ改めて。レジオン使節団の依頼を受けてくれてありがとう。この使節団の代表を務めるコーディ＝ヘッドナートだ。旅の間、どうか我々の安全を守ってほしい。……さて、準備はいいかな？」

アルベルトの驚く顔を見て、コーディは悪戯《いたずら》っぽく笑った。どうやらアルベルトは本当に荷運びの親方か、オジアンの世話係くらいに思っていたようだ。

私はというと、やっぱりそうだったのかというのが感想だ。コリンもきっと同じだろう。依頼書の隅まで目を通していて、コーディという方が代表であることは知っていたのだ。同名の別人なんてこともないだろうとは思っていたのだ。

依頼書をまじめに見ていなかったモンタナも平然とした顔をしているが、あれはもしかしたら、どうでもいいと思っているだけかもしれない。

「準備はできています、よろしくお願いします、コーディさん」

「……残念、思ったより驚いてくれなかったね」

「一応、依頼書をちゃんと読みましたので」

「小さくわかりにくいように書いておいたんだけどなぁ」

いつもそんな悪戯をしているのか、コーディは悔しそうにつぶやく。

旅の道連れとしてはそれくらいお茶目な方が退屈しなくてよさそうだった。

七、コミュ力

年齢層や雰囲気がバラバラな使節団の一行だったが、説明されればその理由も納得できた。

まず一つ目のグループがコーディ率いる、オラクル教の渉外担当部の一員。コーディと荷物の積み込みをしていた四人がそれにあたる。本人も言っていたが、彼らの責任者であるコーディがこの使節団の代表だ。

二つ目は積み込みの現場にはいたけど、割と右往左往しているだけだった面々。どこかで見たことのあるこの人たちは、ここ三年の間〈オランズ〉にあるオラクル教会に勤めていたそうだ。〈オランズ〉歴でいえば私より先輩だった。どうりで見たことがあるわけである。

教会に協力的である大きな都市には、本部から教会の管理人が派遣されてくることになっているらしい。小さな村などになると、地元の信徒に任せることになるそうだが。

久しぶりに故郷に帰って家族に会えると、三人は嬉しそうに話していた。

三つ目は最後に来た神殿騎士のグループ。使節団には必ず冒険者以外の護衛がついているのだそうだ。行きには冒険者を雇っていなかったところを見ると、帰り道に護衛を雇うのは、本当に縁を作るためのおまけみたいなものなのだろう。

最後に騎士たちから少し遅れて現れたローブ姿の双子。彼らはレジオン神学院の生徒で、まだ十三歳なのだそうだ。今のところはまだ一言も私たちと口を利いていない。時折睨《にら》みつけるような視線を向けられるのでやや困惑気味だ。

レジオン神学院はオラクル教の教えと基礎的な学問を学ぶための学校で、国内の熱心なオラクル教徒であるなら、子供は神学院に通わせるというのが一般的らしい。神学院の生徒は卒業課題として、オラクル教徒の巡礼や、使節団の遠征に付き添う義務があり、それを修了することで卒業となるのだという。

護衛かあるいは布教活動の補助という形で付き添うそうだが、彼らの場合魔法使いなので、護衛という扱いになっているそうだ。

通常十五歳で卒業するのだが、飛び級で今年卒業するというのだから、きっと非常に優秀な生徒なのだろう。

「なんかいつも機嫌が悪いんだよなぁ、あいつら。最近の若いもんはよくわからねーんすよね」

二十代であろう騎士がぼやくようにそんなことを言いながら、一行のあれこれを詳しく教えてくれた。

一回りも年下になると話題が合わないことも多いだろう。気持ちはわからないでもない。

一回りどころか、二回り以上年下の子たちとパーティを組んでいる私としては、複雑な心境だった。同意を求められているけれど、その理論でいくのなら、多分この若い騎士と私も話が合わないはずである。

歩きながら振り返って、最後尾にいる双子を見る。

退屈そうで、何もかもが気に食わないといった表情をしている。金に近い茶色の髪は後ろが

少し刈り上げられて、他はどこも均一にそろえられていた。お洒落《しゃれ》な坊ちゃん刈りとでも言えばわかりやすいだろうか。

しばらく使節団の大人たちとたわいもない話をしていると、後ろの方から声が聞こえてきた。アルベルトが二人に話しかけたようだ。流石パーティの切込み隊長だ。私にはできないことを平気でやってのける。

「なぁ、お前ら名前なんて言うんだ？　俺、アルベルト」

「レオ」

「テオ」

「え？　何？　一緒に返事されるとよく聞こえねえんだけど」

首をかしげるアルベルトに返されたのは、二人同時の舌打ちだった。

年下である二人の態度に、アルベルトはギリギリと歯を食いしばり拳を握る。怒り出したら止めなければと思っていたのだが、なんとか理性が働いたらしく、足音を立てながら私の横まで戻ってくる。

「……我慢したんですか、えらいですね」

「……っかつく!!」

息が漏れ出すような音で、むかつくと言いながら地団太《じだんだ》を踏む。よく我慢できたものだ。

アルベルトは直情的なのだ。そこがいいところではあるのだけれど、性格には相性というものがある。

「なになに、どうしたの？」

少し離れた場所でコーディと談笑していたコリンが、面白そうな気配を察して戻ってきた。

「あいつらが退屈そうだから声かけてやったのに、舌打ちしやがった」

「ふぅん、あんたが変な態度とったんじゃないの？」

「名前聞いたら同時にこたえて聞き取れなかったから、聞き返しただけだ。そんなことで舌打ちするかよ」

「あー、それはちょっと感じ悪いかも？」

アルベルトに同意しながらも、コリンは少年たちの様子を観察する。

「まあ、私みたいな可愛い女の子が行けば、ほいほいしゃべりだすと思うけどね。ねー、ハルカ？」

「え、あー、はい、そうかもしれませんね」

あの双子はそういうタイプじゃなさそうに見える。可愛いとか女の子とか関係ない気がする。

コリンが可愛らしいのは事実だし、どこを否定しても角が立つので、私は曖昧に頷いた。

「じゃあやってみろよ。ぜってー無理だから。すごすご帰ってきたら笑ってやる」

「あんたね、見てなさいよ。うまくいったら、どうするつもりよ」

「どうせ無理だ。あいつらとちゃんとしゃべれる奴がいたら、なぁんでもしてやるよ」

「いったわね、こいつ……」

このやり取りを後ろの双子も見聞きしていることを教えてあげるべきなのか、放っておくべきなのか。悩んでいるうちにコリンが顔に笑みを張り付かせて双子の方へ行ってしまった。

そして言葉を発する前に舌打ちをされて帰ってきた。当然の結果だ。今回はコリンが悪い。

「結果はどうだったんよ。おい、コリン。ほいほいしゃべったかよ？　なぁなぁ？」

体を折り曲げて、顔を覗き込もうとするアルベルト。先ほどのアルベルト同様にこぶしを握り締めているコリン。

「あの、アル。やめた方が……」

手を伸ばしてやめさせようとした瞬間に、アルの腹部に鈍い音と共に強烈なボディブローが突き刺さった。アルベルトは体を折り曲げて体を震わせる。

しばらく耐えていたが、結局膝をついたアルベルトは涙目で顔を上げた。

「……怒っている人を挑発しない方がいいですよ」

「こ、こいつだって、いつもやってくるのに……」

避難するように呟くアルベルトにコリンはふんっ、と鼻を鳴らした。

私はアルベルトを止めるために伸ばした手をぐーぱーしてから、しゃがんでアルベルトの背中を撫でてやった。まぁ、幼馴染《おさななじみ》だからこそ、こういうこともあるのだろう。

アルベルトが復活する頃には、コリンも落ち着いたのか冷静に語り始める。

「あの一瞬だけ遅れてくる二回目の舌打ちで心が折れたの」

「とどめ刺されるんだよな、あれ。すげぇやな感じ」

復活したアルベルトとコリンがうんうんと頷き合っている。幼馴染なだけあって息がぴったりだ。腹が立つポイントが似ているのかもしれない。

「なにしてるですか？」

何かをもぐもぐしながらモンタナが茂みから現れてそばに寄ってくる。両方の袖からベリー系の実のついた枝が飛び出しているので、恐らくそれを食べているのだろう。

小さな実を分けてくれたので、ポイッと口に放り込む。甘酸っぱい味は、山の果実にしてはなかなかおいしい。そろそろ冬も近づいてきたが、まだこんな果実が山に生《な》っているのに驚きだ。

「いや、あいつら話しかけると舌打ちしてくるんだよ」

アルベルトが木の実をほおばりながら、不機嫌を隠そうともせずに後ろを指さした。

「ですか」

モンタナは枝から実をむしり、それを食べながら後ろの方へ歩いていく。双子はまた来たのかと思っているのか、眉間に皺《しわ》を寄せて待ち構えていた。

「あげるです」

モンタナは彼らに枝ごと差し出して反応をじーっと待つ。受け取らずに待っている間も、相手の正面に立ち、後ろ歩きでずーっと枝を差し出している。道が平らなわけでもないのに、器用に石や窪《くぼ》みを乗り越えていた。

「危ないからやめなよ」

「転ぶ前にやめろよ」

自分たちより年下にも見えるモンタナの危ない歩き方を、双子は同じタイミングで注意した。

モンタナは言われても止《や》めずに、もう一度枝を差し出して目の前で振って見せる。

「おいしいですよ？」

しぶしぶといった様子で双子の右側、テオと名乗っていた方がそれを受け取った。するとモンタナがテオの横に並んで歩きだす。

「モンタナです」

「……そうかよ」

「モンタナです」

「……ちっ、わかったって」

テオの顔をじーっと見つめてモンタナが繰り返す。

「モンタナです」

「ああ、もう、うるさいな！　テオだよ！」

「よろしくです、テオ」

うんうん、とモンタナが満足そうに頷いた。

アルベルトが腕を組んだまま、上半身まで動くほどに大きく首を傾《かし》げる。

「すごいな、あいつ。なんでしゃべれるんだよ」

「あんた、あとでモンタナの言うことなんでもきかないと駄目よ」

「なんでだよ」

「あいつらとちゃんとしゃべれる奴がいたら、なんでもしてやるんでしょ」

「それお前との約束だからノーカンで」

くだらないことを話している横の二人を微笑ましく思いながら、私はモンタナと双子のことを見守った。私もあの双子と上手に会話できる自信はない。そもそもコミュニケーションが得意ではないし、若い騎士ではないが、二回り以上も歳《とし》の離れている子供と何を話したらいいかなんてわからない。すぐに名前を聞きだせたモンタナを素直に尊敬だ。

「何歳ですか？」

「十三歳だよ、お前は？」

「十六歳です、お兄さんです」

「は？　嘘《うそ》だろ」

「ホントですよ。前の二人より年上です」

見比べてみると、確かにモンタナの方が双子より五センチくらい背が低い。

とりとめのない会話を繰り返すモンタナとテオを見て、イライラした様子のレオが口を挟んだ。

「君、なんでテオとばっかり話すの」

「一緒にお話ししたいですか？」

モンタナに見つめられたレオは顔を顰《しか》める。

「したくないけど、テオとしか話さないのはなんかおかしいじゃない」

「僕はモンタナです」

「だ、だから何」

「モンタナです」

「れ、レオ、だよ」

片割れと同じようなことを繰り返したレオに、モンタナはもう一本の枝を袖から抜いて差し出した。モンタナの袖は一体どうなっているのだろうか。

ずいっと差し出された枝を受け取ったレオは、その長い枝の扱いに困っているようだ。

「折っていいですよ」

「いいの？」

モンタナはちょいちょい、とレオを手招きして、枝を返してもらい、短く折ってレオにまた渡した。

「ありがとう」

「どういたしましてです」

テオが実をつまみ、口に入れながらレオの持つ枝を見る。

「なんか、そっちの方が立派じゃねえ？」

レオが枝を隠すように、左手に持ち替えてテオを見た。

「あげないよ、僕がもらったんだから」

「別にほしいって言ってないだろ」

「仲良しですね」

「「別に」」

「ほら仲良しです」

双子は顔を見合わせて苦笑する。

「ずっと一緒にいるからな、他の兄弟よりは仲いいんじゃねえ？」

「まぁそうかも。モンタナ、そっちにいると話しにくいから真ん中に来てよ」

笑みを浮かべていると二人とも年相応の子供に見えてかわいらしい。

レジオンから来た一行も集まってきて、先ほどの若い騎士などぽかんと口を開けていた。

その騎士、フラッドは小さな声で私に話しかける。

「……あの、何やったんすか、あの子。俺たちも今まで色々話しかけたりしたのに、ずっと無視されてたんすけど。魔法でも使った？」

「いやぁ、ホント魔法みたいですね」

振り返ってみても、もう話すのに夢中になっているのか、こちらを気にしてすらいない。

「うーん、自分たちより年下だから気を許したのかな？」

「いいえ、モンタナはもう十六歳ですよ」

出会った翌月には誕生日を迎えていたモンタナは、やっぱりアルベルトたちよりお兄さんだ。

ちょっと幼く見えるけれど、一緒にいると、確かにアルベルトよりは年上らしい言動や判断が多い。

「あんなにちびいのに？」

「フラッドさん……。もしかして似たようなことをあの二人にも言いましたか？　そういうことを若い子に言うと嫌がられますよ」

「あー、言ったかもしれないっすねぇ」

なんとなく、フラッドが若い子とうまくいかない理由がわかった。年を取ってくると若い頃に自分がやられて嫌だったことも忘れてしまう。仲間たちに嫌がられないように気をつけたいところだ。

八、共同作戦

少年たちはモンタナと話しながら、たまに私たちの様子を探っているようであった。使節団のメンバーよりは年齢が近いので、本当は気になっていたのかもしれない。モンタナと話をしたことで、その辺りの気持ちが表に出てきたのだろう。

旅に出て四日目の夜。真夜中に見張りの交替を告げられ、眠たい目をこすりながら焚火《たきび》の周りに集まる。私はすぐに目を覚ますことができたのだが仲間たちは割と眠たそうだ。

ウォーターボールを宙に浮かべ、布を濡《ぬ》らし、地面にべたりと座っている三人の顔を順番に拭いてやる。コリンとアルベルトはそれで目を覚ましたが、モンタナは未《いま》だにぼんやりとしている。

モンタナは半分目を閉じたままのたのたと歩きだすと、ウォーターボールの中に頭を突っ込んでブクブクと息を吐いた。しばらくして水を垂らしながら出てくると、頭をぶるぶると振って髪についた水を飛ばす。

「あー、もうびしゃびしゃ！」

駆け寄ったコリンが頭を拭いている間に、私はウォーターボールを茂みの中に適当に投げ入れる。焚火の傍《そば》に置かれた丸太に腰を下ろして待っていると、あとから三人もやってきて、横並びに座った。

ぽつりぽつりと、とりとめのない雑談をしながら、ゆっくりと流れる夜の時間を過ごす。火を眺めながら仲間たちと話すこの時間が、私は割と好きだった。


それから一時間も経《た》った頃、静かな森の中に狼《おおかみ》の遠吠《とおぼ》えが響いた。


会話をやめて全員が一斉に耳をすませる。一度聞こえると、連鎖するようにあちこちから遠吠えが続くようになる。私以外の三人が立ち上がるのが見えて、一拍遅れて私も立ち上がった。かなりの数の狼が集まっている。

「囲われる前にみんなを起こすです」

「俺、騎士のおっさんたち起こしてくる。モンタナはコーディのおっさんな！」

「ハルカ、松明《たいまつ》取りに行こ！　私はロープ取ってくるから！」

「わかりました。松明で視界を広げるんですね」

闇夜は人にとって不利な戦場だ。少しでも光が届く範囲を広げて、有利に戦える場所を作らなければならない。

備品が置いてある荷馬車に走る途中、コリンが「あっ」と声を上げてその場で足踏みする。

「ハルカ！　あの双子起こしてから松明取ってきて！　私はロープロープ！」

そう言い残して、たったったと軽快にかけていくコリン。目を合わせないところを見ると、自分のやりたくないことを押し付けられた形だ。この間のやり取りを考えれば仕方のないことだろう。

「しょうがないですね……」

双子は二人だけで小さめのテントを使っている。

テントの幕を上げるとのんきな顔をして眠っている二人の姿があった。いつもは生意気に見える顔も、眠っていると年相応の少年だ。

「眠っているところすみません、狼の襲撃があるかもしれないので起きてください！」

びくっと飛び起きた二人は同時に私を見る。ばたばたと四《よ》つん這《ば》いで自分たちの杖《つえ》を握り慌てて立ち上がった。急に起こされた割には怒り出しもしないのが意外だった。態度は悪いが、自分たちが今置かれた状況はしっかり把握しているということだろう。

「わかった、どうしたらいい？」

「俺たちも戦うのか？」

レオが両手で杖を握り締めて尋ねるのに対し、好戦的な表情を浮かべているのがテオだ。双子で息があっているからといって、性格がまるで同じというわけではないらしい。

「戦闘が始まれば、できるだけ後ろに待機を。今は松明を運ぶのを手伝ってくれると助かります、いいですか？」

「うん」

「わかった」

「じゃあついてきてください」

思いのほか素直な反応だ。飛び級するだけあって優秀なのだろう。自分がこのくらいの年齢だったら、きっと慌ててまともに会話もできない気がする。

荷馬車に向かう途中、長いロープを腕に絡めて、コリンが焚火の方へ戻っていくのが見えた。自分たちも急がなければいけない。

荷馬車に着くと、松明が大量に突っ込まれた袋を見つけて持ち上げる。さっさとみんなのもとへ戻ろうと立ち上がるも、双子が他の袋を持って歩こうとして苦戦していた。彼らには少し重すぎるようだ。

「貸してください」

二人が運ぼうとしていた袋も預かって、私は走り出す。後ろからひそひそと話す声が聞こえた。

「こいつ、めっちゃ力あるじゃん、絶対格闘家だ」

「魔法使いっぽいローブ着てるのに……」

「魔法使いですけど……？」

走りながら反論すると、一人が黙りこんだ。きっと疑いの目を向けられているのだろうけど、いちいちそれに反応している暇はない。まずはこれを無事に乗り切って、落ち着いてからあとで言い訳させてもらえばいい。

焚火の周りについた頃には、全員がその場に集まっていた。

デクトが声を張り上げて、騎士たちに指示を出し、松明をあちこちに括り付けさせる。広場の大部分が炎で照らされて、視界が明瞭になった。

狼たちの遠吠えがしない方へ戦う力のない者を集め、戦える者は各方向へ睨みを利かせる。

魔法使いである私と双子もやや後方側に陣取って、狼たちが近づいてくるのを待った。コリンも弓を構えて私の横に並ぶ。

接敵するまでのつかの間に、双子の片割れに声をかけられる。

「なんでダークエルフは前線に出ないの？」

「私、魔法使いなんですよ。さっきも言ったはずですが……」

「嘘、魔法使いであんなに力のある人見たことないもん」

「嘘じゃないです、断言しないでください」

鼻息荒く周りを睨みつけるテオに対して、レオは気を紛らわすように私に話しかけてくる。

ほんの少しの触れ合いであったが、彼の方が落ち着いた性格なのであろうことがわかった。今も心配そうにたまにテオの様子を窺っているのが見て取れる。

コリンがすました顔をして、肩を震わせて笑いをこらえているのに気づく。人が困っているのにまったく。

「コリン、何がおかしいんですか？」

「ごめんてば」

まぁ、こんなやり取りで緊張がほぐれるなら笑われるくらい構わないのだけれど。

双子の戦う姿を見たことがなかったので少し心配だったが、私にだって余裕があるわけではない。他人のことよりも自分が失敗しないように気を張らなければ。

視界の先には森の中へ目を凝らすアルベルトとモンタナの姿がある。私たちの仕事は二人の援護だ。

「でもおかしいわね、狼が人の集団を襲うのってあまり聞いたことないわ」

「そうだね、だからきっと狼たちのリーダーは魔物なんだと思うよ」

「あ、そっか、詳しいですね、コーディさん」

コリンの独り言に、コーディが返事をする。

動物は魔物に進化すると大きく賢くなるのと同時に、その動物としての特性がより強化される。狼というのは強いリーダーを先頭にして行動方針を決める生き物だ。賢く強いリーダーがいるのであれば、積極的に人を襲う可能性もあった。夜目がきかず動物に比べれば身体能力も低い人間は、魔物にとって絶好の餌となりうる。

「でも君たちはタイラントボアを倒したことがあるんだろう？　期待しているよ」

コーディは余裕のある笑みを浮かべる。狼の襲撃を怖がっている様子はない。日常的に旅をしているので、こんな状況には慣れっこなのかもしれない。

その直後、デクトの太い声が響く。

「正面から来るぞ！　遠距離組は攻撃準備！　爆発が起こるような魔法は避けてくれ！」

◆

コリンが矢を番《つが》え、茂みに目を凝らす。

ハルカと双子が同時に詠唱を始めた。

「風の刃、生まれ、増せ、鋭く、飛び、斬り払い、貫け」

「風の刃、生まれ、鋭く、飛び、斬り払い、貫け」

魔法使いたちの示す先に魔法が展開され待機する。レオはハルカの詠唱に違和感を覚えて、隣を見て驚いた。展開された魔法は双子の前に一つずつ、ハルカの前に五つある。

「示す方向に、いけ、ウィンドカッター」

茂みが揺れた瞬間に、テオが魔法を放つ。レオも慌ててそれに続いて魔法を放つ。魔法を放つにはまだ早いタイミングだったが、ハルカの魔法を見て動揺したための失敗だった。

それぞれの魔法が、顔を出したばかりの狼に当たり、その体を半ばまで斬り裂く。結果的にうまくいったことにほっとしながら、レオは再びハルカの方へと目を向ける。

一方、得意げにハルカの方を見たテオだったが、そこで初めて、展開されている魔法の数に気付いてぎょっとする。隣ではレオもまた、ハルカの方を気味悪そうに眺めていた。

ハルカは狼が姿を現すのをじっと待って、一つずつ魔法を放つ。

ハルカのもとから放たれた魔法は、疾駆《しっく》する狼の眉間から尻尾までを綺麗に両断した。地面を蹴った狼の体が、その勢いのまま二つに分かれて地面にぼとりと落ちる。速度、威力、正確さ、どれをとっても双子の放った魔法を上回っている。

絶対に外してはならない、味方にあててはならないと集中するハルカは、魔法を放つための言葉も唱えずに次々と魔法を放った。

会話の端々から、ハルカのやや控えめな性格を感じていた双子は、その厳しい横顔と、淡々と放たれる攻撃に息をのむ。普段の姿との差異に、圧倒されてしまっていた。

その間にも狼たちは次々と現れて距離を詰めてきており、ついには乱戦が始まってしまった。

こうなるともう、魔法や矢を放つことはできなくなる。

ハルカは息を吐いて状況を見守る。コリンと合わせて接近前に十頭の狼を倒すことができたので、十分な成果だったといえよう。

「私、二人のサポートしてくる。ハルカはこっちで討ち漏らしを仕留めて！」

「わかりました、お願いします」

手甲をはめたコリンが、飛び出してアルベルトたちのもとへ向かう。ハルカはジッと戦況を見守りながら、自分のことを内心褒めていた。集団戦の初陣にしては、中々冷静に敵を倒すことができた。あとは仲間たちを信頼して待つばかりである。

そして隣から向けられる視線には、やはりまるで気付いていなかった。

◆

遠目から見ていると、アルベルトが前線を押し上げるように次々と狼を屠《ほふ》り、モンタナがその周囲でサポートをしている。危なげなさそうだったが、コリンが追い付いたことでさらにそれが盤石になったように思う。

一息ついて、隣の双子のことを思い出す。怖がっているようなら、何か言葉をかけてやるべきだし、そうでなければ狼たちを倒したことを称賛してやるべきだろう。相手は子供なのだから、そういう細かな配慮も必要なはずだ。

そう思って横を向くと、一組の目にじっと見つめられていた。何か妙なことでもしてしまったただろうか。

レオが躊躇《ためら》いがちに何かを言おうとした瞬間気づく。視線の先にある茂みが揺れた。ゆらりと灰色の鼻先が見えて思わず叫ぶ。

「なにか来てます！」

夢中で双子の体を押しのけて一歩前へ飛び出す。巨大な影が地面を蹴ってとびかかってきたのは、それとほぼ同時だった。

他の狼よりも二回りは大きく、その一歩は空を飛んでいるかのように素早い。

なぜこんな所まで回り込まれているのだろう。前線を突破することが難しいと判断して、後衛から狙うことにした？　賢すぎやしないか。

碌な考えが浮かばないまま、狼が目の前まで迫ってきた。

腕を目いっぱい伸ばして、その先に炎の矢を生み出す。狼の大きな口が開き、牙が炎に照らされてギラリと光ったのが見えた。子供たちを守らなければいけないと飛び出したはいいものの、ただで済むとは思えない。途端こわくなって体が少し震える。それでもここまできて逃げ出すわけにはいかない。

景色がゆっくりと流れ、腕が丸ごと口の中に吸い込まれていく様までもが、はっきりとこの目に映っていた。

九、事態の収拾

その魔物は長く狼たちを率いてきた猛者《もさ》であった。ある時期を境に元々大きかった体がさらに大きくなった。思考がクリアになり、動きも素早くなった。魔物は先頭に立って群れを率い、餌と敵を喰《く》らい続けた。その両方がいなくなる頃、魔物の率いる群れはさらに巨大なものになっていた。

このままでは群れを養えない。どうしたものかと思っていたときに、森の中に二足歩行の生き物が入り込んできた。

これまでも何度か狩ったことがある。夜には目がよく見えなくなるし、自分たちのような鋭い牙や、立派な爪も持っていない。その癖、我が物顔で森の中をうろうろとする間抜けだ。狩るのは簡単だ。邪魔な毛もあまりはえていない。まさに食べられるために生まれたような奴らだ。

場所を移る前に腹ごしらえをしてやろう。魔物は森中に響く遠吠えで、群れに対して指令を発した。ばれても構わない。今更気づいたところで、森から逃がすつもりはなかった。

先行させた仲間が、不可思議な攻撃を受けて体を引き裂かれた。あれは厄介だ。まず最初に仕留めなければならないと、茂みの中に潜んでぐるりと回りこんだ。

茂みから飛び出す直前に見つかってしまったけれど、この距離まで近づければもう関係ない。飛び出し、伸ばされた細い腕に噛みつき、思い切り顎に力を込める。ブツリと音がして口いっぱいに血の味が広がるはずだった。

はずだったというのにその生き物の細腕は、妙な弾力をもって自慢の牙をはじき返した。わけがわからず咄嗟《とっさ》に次の行動にうつれない。

何かを呟く声が聞こえ魔物は現実に引き戻される。

一度距離を取ろうとしたときにはもう手遅れだった。

口の中で熱が膨らんだ直後、最後に認識したのは口の中から響く破裂音。魔物の意識は血しぶきと共に夜の森に舞い散り、欠片《かけら》も残らず消失することとなった。

◆

腕に衝撃が走る。そろりと目を開けると、力一杯顎に力をこめる魔物と目があった。その目は驚いて丸く見開かれているように見えた。

半ばまで飲み込まれた右腕は、外から見ればすっかりちぎれてしまったように見えたかもしれない。しかし私の手にはしっかりと感覚が残っていた。丈夫過ぎる体に感謝しかない。

「火の矢、生れ、ええっと、とにかくファイアアロー」

焦りで出てこない詠唱を適当に破棄して、飲み込まれた右腕から魔法を放つ。

魔法が炸裂《さくれつ》する音がして、頭部を失った巨体が力を失い、崩れ落ちるようにゆっくりと地面に倒れる。飛び散った血や脳漿《のうしょう》が全身に飛んできて生暖かい。咄嗟のこととはいえ、もう少しスマートな魔法を選択できなかったものなのだろうか。この場を乗り切れたことは良かったけれど、血の臭いにまみれて少し気持ち悪くなってしまった。

気分はひどく悪いけれど、だからと言ってのんびりしている場合ではない。最低限、支障がないように顔をぬぐって前線に目を向ける。そこでは相変わらずアルベルトたちが快進撃を繰り広げていた。

狼たちはこちらでボスが倒されたのを察したのか、どうも動きが鈍くなっているように見え

る。逃げ出したり止まったり、破れかぶれに襲って来ていたり。もはや仲間たちの脅威にはなりえないように思えた。


騎士たちが狼たちの後始末を始める中、リーダーであるデクトが私の方へ慌てて駆け寄ってくる。何か問題でも発生したのだろうか。

「すまん、私の判断ミスだ、怪我はどうなっている！　腕は!?」

どうやら私のことを心配してくれたらしい。確かにあんな巨大な狼に噛みつかれたのだから、無事とは思わないだろう。わざわざ足を運んでもらって申し訳ない。

「ご心配かけてすみません。べたべたするくらいでなんともありませんよ。ほら、この通り」

大きなウォーターボールを宙に浮かべて、そこに右腕を突っ込み、涎《よだれ》や血のりを洗い流す。十分に洗い流せば、この腕が無事であることも見えるだろう。そうしてから、ローブを羽織ったままだと素肌が見えないことに気がつき、それを脱いで水球の中に放り込む。水をぐるぐると動かせば簡易洗濯機だ。そうして、噛みつかれてしまった部分のシャツの生地が破けてしまっていることに気がつき肩を落とす。きっとローブにも穴が開いていることだろう。

腕をまくって素肌を見せると、デクトは何度か目をこすりながらそれをじっと見つめた。

「大丈夫でしょう？」

「け、怪我がなくてよかった。あー、えーっと、では……。狼たちがアンデッドにならないよう、火葬します。少しでもどこかがいたむようなら、えー……、ハルカさんは休んでいてください」

言葉の端々から動揺しているのがわかる。元気なので、そんなに気を使って貰うのが申し訳ない。遠くからアルベルトが駆け寄ってきてニカッと笑う。

「一瞬焦ったけど、やっぱハルカは丈夫だぜ」

「でもほんとに大丈夫なの？」

「怪我……、ないですね」

仲間たちが私の腕をペタペタと触りながら、怪我がないかの確認をしている。少しくすぐったい気がして、笑うのを堪《こら》えていると後ろから声をかけられる。

「あの、ありがとうございました」

丁寧な言葉遣いをしているから、これは恐らくレオだ。仲間たちの手をはがして振り返ると、頭を下げた少年の頭部が見えた。こんなに律儀な子だっただろうか。

「あ、いえ。余計なお世話だったかもしれませんが……。二人に怪我がなくてよかったです」

「いえ、守ってもらってなかったら、死んでいたかもしれません。テオも、黙ってないでお礼言いなよ」

ふてくされた顔をして余所《よそ》を見ているテオの頰をレオが引っ張った。てっきり双子の主導権は活発なテオの方が握っていると思っていたのだが、そうではないようだ。

「あー、くそ。わかった！　やめろよ！」

テオはその手から逃れて、じりじりと後退しながら私のことを睨みつける。そんなにお礼を言うのが嫌なら別に構わないのに。

「さっきは助かった。でもお前の魔法キモいからな！」

雑に礼を述べたテオは、そう言い捨てると踵《きびす》を返して自分のテントへ逃げていく。

なぜ罵倒されたのだろう。キモいって言われてしまった。そうか、おじさんはキモいのか。

なんだか無性に今泣きたい気分だ。若者がキモいというからには、多分私はキモいのだ。

「ってかよ、ハルカが丈夫なのって、身体強化魔法ってやつだろ？　同じ魔法使いなら、お前らもできたんじゃねぇの？」

頭の後ろに手を組んだアルベルトがレオに話しかける。本人はフォローのつもりだったのかもしれないが、レオはそれを鼻で笑った。

「あんた馬鹿？　魔法使いと身体強化魔法ってものすごく相性が悪いんだけど、そんなことも知らないの？　魔素を使うから魔法っていうけど、実際は全然仕組みが違うの」

アルベルトは予想外に勢い良く反論されて面食らっているようだった。ああ、やっぱりこの子はそういう感じだ。先ほどの殊勝な姿はもうどこにもなかった。

「はぁ、だからあんたみたいな脳みそまで筋肉詰まってそうな近接職の人間って嫌い。遠くから攻撃されたら手も足も出ないくせに、剣を振り回すだけで僕たちより強いと思ってるし。普通の魔法も使って身体強化も使えるハルカさんが凄《すご》いだけなの、仲間のくせにわかんないの？　そもそもこんな高レベルで身体強化使える人なんて僕見たことないし。あそこにいるデクトさんだって、さっきの魔物に噛みつかれたら大怪我するはずだし」

「う……、うるせぇ！　ばかあほもやし！」

レオの口からポンポンポンと言葉が飛び出してくるのに耐えられなくなり、アルベルトは突然大きな声を出した。このままでいたら絶対に言い負かされると本能的に悟ったのかもしれない、もうかなり手遅れだけれども。

大きな声に驚きレオが黙り込む。その隙にアルベルトは振り返って自分たちのテントに向けて、走り去っていった。

年下に言い負かされて大声を出す仲間。その背中を見送った私は、先ほどに続き、こんどはなんだか切ない気持ちになってしまった。

#〈異端〉

一、キモさの説明

魔物の襲撃を受けてからというもの、双子が私たちと一緒に歩くようになった。正確には話すようになったレオに連れられて、仕方なくテオもついて来ているという感じなのだけれども。

ちなみにモンタナはいつもの通り、茂みの中に出たり入ったりしている。先ほども野兎《のうさぎ》を捕ったようで、今は木の枝に生肉をぶら下げて歩いている。きっと血抜きがすんだら葉にでもくるむのだろう。

「ハルカさんは、魔法の師匠とかいないの？」

「いません。強《し》いていうなら、訓練所にいた皆さんを参考にしましたけど」

「冒険者の訓練所って、そんなにレベルが高いの」

尋ねられたモンタナは、首を横に振った。

「ハルカより上手な人は練習してなかったと思うです」

「うーん……。じゃあ、わからないまま使ってるってこと？」

「本を読んで勉強はしましたが、確かに詳しくないですね」

「じゃあ……、えっと、基礎的なことくらい教えてあげようか？」

レオが私に期待に満ちた眼差《まなざ》しを向けてきている。仲良くなりたいということなのだろうか。だとしたら私の方も大歓迎だ。子供の方からアプローチして貰うのは何とも情けない限りだが、ありがたくもあった。

◆

「いいんですか？　助かります」

ハルカの返答にレオはほっと息を吐いた。助けられたのだから何か恩返しをしたいと思っていたし、ハルカの使う未知の技能に興味があったのだ。学院の中では得られないような何かが得られるような気がして、どうしても仲を深めたいと思っていた。

学院の中でも飛びぬけて優秀だった双子は毎日が退屈だった。同学年では同じレベルで話し合えるような人がいない。そういった意味ではこの遠征に期待をしていたが、参加してみれば騎士の中に語り合えるような魔法使いは一人もいなかった。レオにとって、ハルカこそが街の外で初めて出会えた、自分たちより優秀な魔法使いなのだ。

自分より優秀な人物にものを教えるなんて、馬鹿にするなと言われるかと思ったが、返答は柔らかい。ハルカが見た目と違って非常に穏やかな人物なのだろうと確信した瞬間だった。思い出してみれば、これまでもハルカが憤っている姿は見たことがない。

レオからの評価がぐんぐんと上がっている中、ハルカは暢気《のんき》に魔法について学べることを喜んでいた。仲間たちの世話になりっぱなしのハルカにしてみれば、今更年下から学ぶことなんかに抵抗はない。

最新の研究がなされている【レジオン】の知識を分けてもらえるというのなら、ただありがたいばかりだった。

双方が納得してのお勉強会が発足されようとしたとき、先日言い争っていたアルベルトが、珍しく遠慮がちにレオへ声をかけた。

「それ、俺も聞いてていいか？　魔法のこともっと詳しくなりてぇし」

あれだけ言い負かされても、怒って無視したりしないのがアルベルトのいいところだ。レオは意地悪く笑ってそれに答える。

「別にいいよ。レオ先生って呼ぶなら」

「…………おう、レオ先生」

目じりをひくつかせながらも、アルベルトは怒りをぐっとこらえた。仲間のためだと思っての我慢だろう。ハルカはアルベルトの背中をそっと撫《な》でてやる。

レオとしても予想外の反応だった。いわゆる単細胞な奴《やつ》だと思っていたのに、これでは馬鹿にもしづらい。

「冗談だし、別にいいよ、レオで」

「え、おい！」

突然態度を軟化させたレオに、テオは驚き声を上げる。心境は『嘘《うそ》だろお前、裏切るのかよ』だろう。

「テオも、もうやめなよ。一緒にみんなの先生しようよ。意地を張ってもいいことないよ」

「………しょうがねぇなぁ」

一人仲間外れは寂しかったのだろう。差し伸べられた手を取ったテオは、えらそうに腰に手を当てた。アルベルトが何かを言おうとして、コリンに袖を引っ張られる。これ以上事を荒立てまいとする大人の対応だった。

◆

「じゃ、まず魔素についてだ」

「魔素はそこら中にあるんだよね。魔法を使おうとすると、それが頭を通って魔法に変換されるんだ。だから使いすぎると魔素酔いっていう頭痛が起こる。魔法使いの訓練って魔素を意識するところからはじめるんだけど……。ねぇハルカさん、ウォーターボール使ってみて」

テオが指を立てて話し始めると、すぐそのあとにレオが続いた。どうやら交互に話すことにしたらしい。私は指示された通り、詠唱をして空中に水の塊を浮かばせる。

「魔素の流れはわかった？」

「……なんとなく、でしょうか」

「じゃ、天然型だな。よくわかんねぇけど魔法使えるってタイプ。そんな奴ほとんどいねぇけど。魔法を学んできた俺たちにとってその魔法は気持ち悪いんだよ」

「ハルカさんの使う魔法って、必要な量以上に魔素が集まってる感じがする。魔法を使うときって、魔素を頭の中に通して自分の思う形にイメージをするんだ。難しい魔法ほど、たくさんの魔素が必要になって、魔素酔いしやすくなるのはわかるよね。だから上手な魔法使いは、必要最低限の量の魔素しか集めない」

「つまりお前の魔法はめちゃくちゃ効率が悪い、まずこれが一つキモい」

テオが私の浮かべたウォーターボールをつついてその表面を震わせる。またキモいと言われてしまった。特別変わったことはしていないつもりなのだけれど、基礎を学んできていないから相手の言葉を否定できない。きっと仰《おっしゃ》る通りなのだろう。まずは魔素をきちんを感じることから始めなければいけないということだろうか。

多分一つ目というからには、二つ目のキモいもある。すでにちょっと悲しい。

「ハルカさん、そのウォーターボールにさ、自分と一定の距離を保ったまま浮かび続ける指示出してないでしょ。魔法は普通ね、射出するまでその場にとどまり続けるんだよ。歩いたとき一緒に移動しないの」

成程、つまりこれが一緒について来ているのがキモいということなのだろうか。とりあえず地面に落としておこう。

なぜか慰めるようにコリンに肩を叩《たた》かれてしまった。解《げ》せない。

「三つ目。お前、身体強化したまま魔法使ってるだろ。身体強化って、魔素を体の中や外にコーティングして、体の能力を上げる技術なんだよ。放出する魔法と、纏《まと》わせる身体強化、同時に使うのが難しいのはわかるだろ。そもそも身体強化ってよくわかんねぇんだよ。体鍛えてたら使えるようになったみたいなのが多くて。そういう奴らって研究に協力的じゃねぇし」

「両方を使えて研究に協力してくれる人もいるらしいんだけどね。同時には使えないし、どっちも中途半端だって聞くよ」

普段何をしているつもりでもないのに身体強化がされていて、願うことで自由に魔法を撃ててしまう。自分の体は一体どうなっているのか。何がどれくらいできるのか。話を聞いていると私自身少し恐ろしくなる。ミサイルの発射スイッチを突然渡されたような気分だ。

自らがキモい理由がわかると不安にもなる。

仲間たちに恐れられて、嫌われるのではないかと思ってしまう。嫌な気分だ。この世界に来てから、たまに気持ちが不安定になることがある。杞憂《きゆう》だとは思うのだけれど、気持ちを制御するのは案外難しい。

強張《こわば》っていた右手にふと何かが触れた。見下ろすとモンタナの尻尾が、私の手の甲を撫でている。目が合うとモンタナが小さく呟《つぶや》いた。

「大丈夫ですよ」

表情に出したつもりもないのに、内心が見透かされているのが不思議だった。

それでもなぜか気持ちが落ち着いて安心してしまう。私からも小さな声でお礼を言うと、モンタナの耳がピクリと動いた。声が返ってこなくても言葉が届いていることはわかった。

「つまりハルカが強いってことね」

「そのうち俺の方が強くなるけどな」

コリンとアルベルトのいつも通りの会話が私の気分をさらに少し上向かせた。それを聞いていたレオが呆《あき》れたような顔をする。

「あんたら、ちゃんと話聞いてた？」

「聞いてたぜ。俺も身体強化と魔法使えるようになんねぇかな」

「やっぱ聞いてねぇだろお前」

間断なく交わされる会話が面白い。

仲間に恵まれたことを感謝しながら、私は四人のやりとりを穏やかな気持ちで見守った。

二、この世界に生きる

途中にある大きな街を抜けて三日。国境となっている山を越える前に、物資補充で村に立ち寄る予定があった。

小高い丘の上に登ったとき、コーディは突然全体に指示を出して進行を止め、デクトと何やら話し始めた。先頭近くを歩いていた私たちにも話の内容が聞こえてくる。

「デクトさん、これダメっぽいねぇ」

「そうですね、これはだめかもしれません。どうします？」

目を細めて遠くを見つめたデクトも、具体的なことを言わずに返す。

「どうしようかな。ハルカさんたちはこれが初めての遠征だったたね。ちょっとあっちを見てごらん」

話を聞いていたことに気付いていたのか、コーディが話を振ってきた。

言われた通りに目を凝らすと、コーディの指の先に、ぼんやりと家や柵があるのが見えた。

位置を考えると、あそこが今日立ち寄るはずの村なのだろう。

家の数からすると人口はそう多くない。街道からほんの少し外れて、森や山の近くにあるのは、木や鉱石などの資源を採取しに来た者が拠点にできるようにという計らいだろう。

今回の私たちのような旅をする者が物資の調達のために訪れることを考えれば、悪くない立地であるように思えた。

「あの村はね、こないだ通った街に住んでいた男が一旗揚げようと作った村だ。新しい村を作るというのは難しくてね。大抵は魔物や賊に邪魔されて挫折することになる」

成程、確かに簡単なことではないのだろう。並大抵の気持ちで村を作ろうなどとは思わない。

「ま、それだけではなく利権なんかも色々と絡んでくるんだけど。話がちょっとそれちゃったな。本題だけれど、さてあの村、何か様子が変じゃないかな？」

「……炊事の時間なのに煙が出てないかな。それに村の入り口辺りに見張りが見えないかも。

何かに襲撃された？」

最初に答えたのはコリンだった。商人の娘として、人の営みについてよく知っているからこその素早い回答だろう。この世界の普通を理解していない私には少し難しい。

「うん、じゃ、もう少し近づいてみよう。ここじゃ遠すぎてよく見えない。ただし、いつでも逃げられるように準備をしてね。じゃ、次の質問だ。何に襲撃されたと思う？」

「魔物ではないと思うです」

「ほう、何でそう思うんだい？」

モンタナから即座に返ってきた答えに、コーディは細い目を開く。私たちにとってモンタナが鋭いことは普通だが、コーディからしたら意外だったのかもしれない。

「戦った痕跡がないです。人の死体も魔物の死体も落ちてないですね」

「……驚いた、私の見解と一緒だね。では私の知っている情報を補足しておこう。一つ、あの村の人口は百五十人程度、満足に戦える者はそのうち四十人程度だった。二つ、この辺りに大規模な賊の類がいるという報告は聞いていない。三つ、前の街を出る段階では、冒険者ギルドに村の救援依頼は出ていなかったし、そういった噂《うわさ》もなかった」

「ここで止まります」

コーディが指を折って説明していると、デクトが腕を伸ばして行く手を遮った。村からは視界の通らない林の陰まで入っていき、荷を背負わせたまま仲間たちを休ませる。

「だとしたら、あの村には今何が起こっていると思う？」

「コーディさんの情報を聞いて、ですけど……」

自信はないけれど、思うことはあった。これから言おうとすることはただの想像でしかない。

あまり気分のいい内容ではないので、コーディに否定されることを期待しながら私は続ける。

「誰かが計画的に、村の人を逃がすことなく全員、その、始末してしまったということではありませんか？」

「誰が？」

「誰か……まではわかりませんが、それなりに組織力のあるものが、としか……」

「そうだね。その通り、ここでこれ以上の勝手な想像をしても答えなんか出ないんだ」

コーディが満足したように頷《うなず》く。推測が間違っていなそうなことが残念だった。

「では、最後の質問だけれども」

コーディが不敵な笑みを浮かべて私たちを順繰りに見た。

「君たちはその答えが知りたいかな？　それとも怖いから尻尾を巻いて逃げ出すかい？」

嫌な言い方をする。まるで逃げ出すことが悪いかのような物言いだった。安全を重視して悪いことなどないはずなのに。

私の想定が正しいのであれば、この先に乗り込んで待っているのはプロの戦闘集団か、人を殺すことに長《た》けた何かだ。

私たちの依頼内容は護衛。護衛対象者を危険な目に遭わせるのは論外だ。

それに仲間だって危険にさらされる。

相手がプロの集団だとしたら、生き残りがいるとも思えない。

そして何より怖い。

殺すのも怖い、死ぬのも怖い。

ただ一つだけ引っ掛かることがあった。もし生き残りがいたとしたら、助けを求めて待っている人がいたとしたらきっとその人は助からない。もしかしたら、もう敵なんて残っていないかもしれないのに、存在しない敵に怯《おび》えて救える命を見捨てることになる。

いるかもわからない他人の命のために命を懸ける。

駄目だ、そんなことはできない。断るために息を吸うと喉がひゅっと音を立てた。

「行くんだろ。コーディさん行きたそうにしてんじゃん」

「そうね、生き残りがいるかもしれないし。コーディさんが決めていいわよ」

気負う様子もなくアルベルトとコリンが言ってのける。大きく吸い込んだ息は、吐き出す機会を逃してしまった。言葉と共に出てくるはずだったそれを、しゅるしゅるとゆっくり口から漏らした。

何を言っているんだろう。危険なのだ、この先は。大人である私が止めてあげなければいけない。冒険心や好奇心がいくらあっても、もしかしたらいるかもしれない生き残りのことが気がかりでも、命を懸けるところではない。

「私は行きますよ。コーディさんは待っていてくれてもいいですが」

デクトが当たり前のように前に一歩出ると、コーディが意味ありげな視線を私に送りながらそれを止める。

「いやぁ。彼らが反対するのなら、今回は見送ってもいいと思っているよ」

「何を言ってるんですか？　隣人を助けよでしょう。私たちは行きます」

デクトが剣を抜くと、騎士たちも後に続く。

コーディが顎髭《あごひげ》を撫でながら、ゆっくりと言葉を選び、私に語り掛ける。

「まぁ、そうだね。あの村の人たちは往路で私たちを歓迎してくれた。帰りにも寄ってくれると言ってくれた。打算はあったと思うさ。でもね、彼らは人の生きる世界を広げようと、村を作るに至った勇者でもある。ああいう人たちがいないと、私たちの旅はもっと困難になるはずなんだ。私たち旅人や商人、村を興すものたち、それに冒険者にとって、命っていうのは軽いものだ。でもね、それは命が大切ではないという意味ではない。私はそういった者たちを尊敬しているし、そうありたいと願っている。だからね、彼らの結末は私たちで見届けようじゃないか」

徐々に勢いを増し、熱くなっていたその言葉は、ただ意味もなく危険に身をさらす者の言葉ではない。そこには信念があるように思えた。

私に言葉が重くのしかかる。

即座に決意をあらわにしたアルベルトやコリンが、剣を抜いたデクトたち騎士の姿が、輝いて見える。

四十年余り生きてきたというのに大切なもの一つ作れず、毎日を浪費してきただけの自分。

一方、この若さで自分の生きる道を決めて、そして輝こうとしているこの世界の住人たち。眩《まぶ》しかった。

自分がいつかなりたかったはずの、そんな、物語の主人公のようだった。

「どうだい、ハルカさん。別にこの場に残って留守番していてくれてもいいんだよ？　全員で行く必要はない」

その言い方は卑怯《ひきょう》だ。優しさの裏に、さらに追い詰めようという意図を感じる。

私だって正しさを主張したり、何かを守って人から認められたりしたかった。英雄に憧れていた、なりたいと願っていた。心の中の反骨心が、押し隠してきた子供心が、むくむくと頭をもたげ、叫び始める。『また逃げるのか』と私を責め立てる。

でも怖い。命を失うのが怖い、この楽しい時間が終わるのが怖い、なにより一番怖いのは、私を認めてくれた仲間を失うことだ。

絶対に嫌だった。

ぎゅっと手を握り下を向くと、モンタナがじっと私のことを見上げていた。

目が合って、互いに瞬《まばた》きを数回繰り返す。モンタナの返答だけはまだ聞いていない。

「ハルカが危なかったら僕たちが守ってあげるです。でも僕が危なかったらハルカが守るですよ。大丈夫です、僕たち、仲間ですから」

そうしてモンタナは、私の握られた拳を手のひらで軽く叩く。

強張っていた拳をゆっくりと開き、モンタナの頭に乗せた。くしゃくしゃとゆっくり撫でる。

少し勇気を分けてほしかった。

そもそも自分とこの世界に生きる人々とでは、持っている覚悟が違うのだ。どこかで馴染《なじ》まなければいけない。自分もこの世界の人間らしくならなければいけなかった。仲間たちにふさわしい、覚悟を持った人間になるべきだ。

いつもと違う様子に心配して寄ってきたコリンとアルベルトの頭にぽん、ぽんと一度ずつ手を置く。これで三人から勇気を少しずつ分けてもらった。いくら小心者の自分でも、これで逃げ出すわけにはいかないだろう。

何も知らず何もせず、臆病に逃げ回って仲間を失うくらいならば、私は一緒に危険に立ち向かいたい。

「コーディさん、見くびらないでください。行きましょう、私は雇い主の希望は叶《かな》えます」

すました顔で言ってみたが、うまくいっただろうか。コーディがにやりと笑ったのを見ると、どうも見透かされているような気もする。

「決心がついたようだね。ハルカさんは能力が高いわりに心が弱そうに見えたけど、立派な顔つきになったじゃないか」

やっぱり見透かされていた、恥ずかしい。

決断をして村に向けて歩き出して足が少し震えているのに気づく。そうすぐに覚悟なんて決まるものではない。これは武者震い、そういうことにしておこう。

横を歩くモンタナにばれないことを願いながら、私は胸を張って歩くよう努めるのだった。

三、嫌いなもの

覚悟をしたところで、殺し合いが発生したら怖いし、できれば誰も死んでいてほしくない。ついて来ようとしていた双子を林の中に待機させて、一行は村の中へ入りこんだ。流石《さすが》のコーディも学院の卒業課題でそこまでさせられないと思ったようだ。

村の傍《そば》に来ても人の気配はまるでない。寝息でも聞こえればいいのに、聞こえてくるのは隙間風の響く音くらいだ。

「開けた場所は避けて進みます、私の後に続いてください」

デクトを先頭に、家の陰になっている場所から柵を乗り越える。モンタナが鼻をひくつかせて呟いた。

「血と……、腐った臭いがするです」

その言葉に体がこわばったが、足を止めることはしない。

とにかく音を立てないように、体を目立たせないように慎重に騎士たちの後に続く。コリンもアルベルトも、普段とは全く違うまじめな表情で、周りの様子を見ながら慎重に歩みを進めた。

先頭を行くデクトが、一番近くの家にそっと近寄った。窓を塞ぐ木の板をめくると、私でもわかるくらいの強烈な腐敗臭があふれ出してきて、思わず袖で鼻を覆った。

デクトは首を横にふり、指を三本立てる。

中には三人の遺体があったということだ。家の大きさを考えれば全滅だろうか。襲撃者がもういないと判断したのか、デクトは騎士たちに指示を出し、村中に散らばらせた。時間短縮のため、手分けして捜索することにしたのだ。

私たちはデクトとコーディについて歩き、ひときわ立派な建物を捜索することになった。大きな家は扉から覗《のぞ》くだけでは全貌が見えない。平屋であったが中は壁で仕切られて、いくつもの部屋に分かれている。中に入って調べる必要があった。

ベッドルームらしきところには夫婦とその子供の遺体が転がっていた。寝ているところを襲われたのだろう、寝床から出ることなく息絶えている。よほどの手練《てだ》れが相手だったのかもしれない。

痛々しい光景に、目を閉じ考えてしまう。

誰も生きていない。ここに来た意味はあったのだろうか。濃厚な死の臭いにむせて吐きそうだった。

「手分けして中を捜索しましょう。ハルカさんたちは左手、私たちは右手に」

沈痛な面持ちをしたデクトだったが、それでも的確に指示を出し続ける。主寝室から左右に分かれて捜索をすることになった。デクトたちが広いリビング方面を、私たちは客室が並ぶ廊下だ。

「ハルカ、大丈夫？」

「……大丈夫ですよ、ありがとうございます」

「ほんとかなぁ……」

コリンを心配させまいと答えたつもりだったが、余計に心配させてしまったようだ。

私だって両親の葬式で、死体を見たことはある。綺麗《きれい》に死化粧されたそれは、顔色こそないものの、生きているときとそう変わらない顔をしていた。

対して、ここに倒れている人たちの亡骸《なきがら》は、驚いたような、苦しんだような、そんな表情ばかりしている。葬式で見るようなものとはまるで質が違っていた。

それを見て怖いとか、気持ち悪いとか、そういうことを思うのではない。

彼らの未来が誰かの手によってここで潰《つい》えたことを想像すると、どうしようもなく悲しい気持ちがこみあげてくる。まるで縁のないはずの他人のことだというのに、心がずんと重くなってしまう。

なぜそんなことができるのかという怒りの気持ちもあった。彼らが何かしたのだろうか。これだけいる人全員が、揃《そろ》って殺されるほどの悪行をしたというのだろうか。そんなはずはない、こんな理不尽は許せない。

他人に訪れる理不尽が、自分に対して訪れる理不尽以上に嫌いだ。もはや何もできないことが歯がゆかった。

大人になっていくにつれて、相手にも事情があるんだとか、こちらにも不備があったに違いないとか、そんな風に怒りを誤魔化して生きてきた。誰かを責めるのではなくて、辛《つら》い思いをした人に手を差し伸べられるようにと思って生きてきた。

しかし、ここにきて、私の心が大きな声で叫んでいるのがわかる。

こんな理不尽、許されることではないと。死んでしまってはもう何をしても報われない。助けてあげることも、慰めてあげることもできない。もう何もできない。

様々な感情が沸き起こり、胸がいっぱいになって、ただ歯を食いしばることしかできなかった。


寝室を一つずつ見ていくと、そのうちの一部屋に使われた形跡が残っていた。その部屋のベッドシーツだけが、慌てて出かけたかのように乱れていたのだ。

もしかしたら襲撃に気づいて逃げ出した者がいたのかもしれない。そうあって欲しいと願ってしまう。開け放たれたままの窓の外を見ていると、モンタナに呼びかけられる。

「何かいるです」

「何の音もしねえけど……？」

クローゼットを見つめるモンタナに、アルベルトが首を傾《かし》げる。しかしモンタナは黙ってクローゼットに近づき、そっと扉に手をかけた。

モンタナは扉を開け放ってからすぐに身をひく。中にいるものからの攻撃を警戒したのだろう。しかし中から何かが飛び出してくることはなかった。モンタナはもう一度クローゼットに近づき中を覗き込む。全員でそれに続くと、そこには思いもよらぬものが眠っていた。

四、安らかに眠る

夕暮れの暗い部屋の中で、布に包まれた子供が泣き出しもせずに目を瞑《つぶ》っていた。

「赤ん坊……？」

コリンが不思議そうに呟く。

この村全体が襲撃されたのに、この赤ん坊だけがクローゼットの中で生き残っているのは、あまりに不自然だった。

生後どれくらいの子供かわからないが、どう見ても自分で考えたり、他人の指示を聞ける年齢とは思えない。親と離れてこんな暗い場所に閉じ込められたら、泣き出して見つかるに決まっていた。

冷静にそう考える気持ちと並行して、生き残りがいたという喜びが徐々に心の中に湧いてくる。なぜこの子が見つからずに生き残れたのかよりも、保護しなければいけないという気持ちが強くなって、私はその場にしゃがみこみ赤ん坊を抱き上げていた。

私には兄弟もいないから、今まで赤ん坊の世話なんてしたことはない。それでも、できる限り慎重に、絶対に傷つけることのないように、そっとその赤ん坊を抱き上げる。あまりに静かなので死んでいるのではないかと不安だったが、抱き上げてみると温かく、呼吸を感じることもできる。

抱き上げて顔を覗いていると、赤ん坊はゆっくりと目を開けた。

見慣れた黒茶の瞳は、まるで日本人のようだ。光のある場所で見てみれば、生えている柔らかい髪も黒髪だった。この世界に来てからはカラフルな髪や瞳を見慣れていたので、この色合いが少し懐かしい。

「生きてる?」

「生きてるのか?」

「です?」

三人が全員で赤ん坊の顔を覗き込んだ。突然現れたたくさんの瞳に見つめられても、その赤ん坊は泣き出しもせずにそれぞれを見返した。その瞳にはあり得るはずもない理性が宿っているようにも見える。

「生きています。うん、ちゃんと生きています。……コーディさんと合流しましょう。この子のことと、この部屋の主人が逃げ出せたであろうことを伝えます」

じーっと私のことを見つめていたその赤ん坊は、言葉を聞いてまた目を閉じた。あまり急がず、できるだけその子を揺らさないように、慎重にコーディたちのもとへ向かう。

私たちが戻ると、コーディたちも他の部屋を調べ終えたのか、丁度玄関の辺りで合流することができた。

「おや、赤ん坊が生き残ってたのかい?」

「寝室のクローゼットからモンタナが見つけました。その部屋のベッドシーツは使われた形跡があったのに、死体はありませんでした。おそらく襲撃に気づいて逃げ出したのではないかと」

「なるほど、そうか……。この子は、前にこの村に来たときはいなかったな」

コーディは赤ん坊の顔を覗き込んでそう言った。珍しい黒髪をしているから、もし見ていたとするなら、忘れはしないはずだろう。旅人の子だったのだろうか。

「しかし、クローゼットかい？　よく見つからなかったね、運のいい子だ。いや、襲撃されているのだから、運が悪いのかな」

ほっぺたをつつきながらコーディが言うと、赤ん坊は目を開ける。眉根に皺《しわ》を寄せて泣き出しそうな顔をしたのを見て、コーディは慌てて指を引っ込めた。

「いや、虐《いじ》めようってわけじゃないんだよ、うん。となると、この子は外部から来た人が連れてきた子だね……。案外襲撃の原因はこの子ってこともありそうだ」

考えを整理するためなのか、コーディが想定を口に出すのだが、何やら物騒なことを言っている。

「それじゃあ私たちは、その子の連れ合いを捜してみようか。ね、デクトさん」

「可能な限りはやってみましょう」

「うん、頼むよ。……おやこの子、服の裾に刺繍《ししゅう》がしてあるね。この子の名前、ユーリっていうみたいだよ。君たちは……、この子と一緒に待機組に合流してもらえる？　何かわかっても、わからなくても二時間もしたら合流するからさ」

全員で家の外まで出ると、村を探っていた騎士たちも合流する。報告を聞く限り、他の生き残りは見つけられなかったようだ。

村の外へ向かうデクトたち騎士とコーディの背中に、アルベルトが声をかける。

「なぁ、コーディさんの護衛をしなくていいのかよ？」

「お、えらいね、よく気がついた。でもね、いいよ。その子を早くここから離してあげてほしい。状況がわからないにしてもさ、赤ん坊をこんな死体だらけのところに置いときたくないからね。何かあっても君たちのせいにはしないさ」

コーディはまじめな顔をして赤ん坊の頭を撫でてから、騎士たちについていった。コーディはかなり悪戯《いたずら》好きで意地の悪いイメージがついてしまっていたが、意外に優しいところがあるのかもしれない。姿が見えなくなった頃にコリンが呟く。

「ちょっとかっこいいわね、コーディさん」

「妻子持ちだぞ」

「うっさいわね、そういうんじゃないわよ馬鹿」

アルベルトとコリンのいつもと変わらないやりとりを見て、私は肩の力を抜いた。

「さ、行きましょう。周りの警戒をお願いしますね」

仲間たちの元気な返事を聞いて、私は待機組が隠れている林へと歩き出した。

五、身元

すでに五十を超えた皇帝には若い側室がいる。その女が、初めての子を孕《はら》んだ。

彼女は皇帝に街で見初められ、強引に攫《さら》われて側室とされた。

自分の子よりも若い女性に執着する皇帝を、周囲は気味悪がっていたが、専制の長い皇帝に意見する者はいなかった。女性の立場に同情する者もいれば、若い色香《いろか》で取り入ったのだと嫌悪する者もいた。

しかし彼女が皇帝の子を孕むと、話は感情だけでは済まなくなる。

「生まれてきた子供が男であれば、それを次代の皇帝にする」

皇帝がそう側近に漏らしたと、場内に噂が広がったからだ。

元々この皇帝は戦に強く独裁的な男であった。帝国の版図《はんと》を南へ大きく広げたのはこの男の功績だ。多少の勝手は許されるだけの力を持っていた。

しかしそれにしてもこれはやりすぎだった。

多くの臣下が、貴族が、生まれてくる子が女の子であってくれと願う中、生まれた子の性別は、男だった。

本来の第一継承者である正室の長子は、すでに今年で三十になる。戦に出れば未《いま》だに負けなして、南方への領土をさらに広げ続けていた。

また若い頃は、広い視野を持ちたいと、現皇帝の反対を押し切って、オラクル総合学園に入学し、成績優秀者として僅か三年でそこを卒業している。かつての皇帝を思わせる果断な性格をしており、政治にも軍事にも明るい。その上、学生時代に築いた人脈のおかげで各国重鎮へも広く顔が利く。

彼が皇帝となれば、国はますます栄えるに違いない。そう誰もが思い、楽しみにしていた。

そんな中での噂だった。

二年ぶりに首都へ凱旋《がいせん》した皇子は、噂を聞きつけるや否やすぐに皇帝のもとを訪れた。

皇位継承の話は一切出さずに、様子を窺《うかが》っていたが、どうも父の様子がおかしい。まだ若いというのにその姿はまるで呆《ほう》けた老人のようだった。同じことを何度も繰り返したり、夢物語のようなことばかり言ったりしている。

父は壊れた。そう確信した皇子は決意を固め、その場を穏便に後にした。

皇子は、最前線で一緒に戦ってきた信頼できる部下たちを集め、父が壊れたことを告げると、その足でクーデターを起こした。こんなこともあろうかと、前線から戻してきた兵士たちを待機させておいたのが功を奏した。

ほんの数日の抵抗の末、クーデターはあっさりと成功した。壊れ始めていた皇帝に、多くの者が愛想を尽かせていたのが原因だった。

皇子は側室に同情もしたが、これ以上の混乱を避けるために父と共に彼女を斬って捨てた。

残るは肝心のその息子だけとなったが、なぜかそれが見つからない。

笑って逝った側室の女を見たとき、こいつもおかしくなったのかと思ったものだが、あれは息子を無事に脱出させることができた喜びだったのだろうと理解した。

斬ってしまった今となっては、この女が何を企《たくら》んでいたのかはわからない。無理やり孕まされた息子を愛していたのか、それとも次代の皇帝につかせ権勢をふるうつもりだったのか。もしかしたら本当におかしくなっていた可能性もある。どちらにせよ真実を知るすべはもうない。

出し抜かれたことに気づいた皇子は、すぐさま部隊に指令を出す。この女の息子が生きていると、後々統治の妨げになる。生かしておくわけにはいかなかった。


壊れた皇帝に見初められた不幸な女は、一日にしてほとんど全ての人間関係を失った。恐ろしい皇帝に逆らうことなど誰もできなかった。そんな中でたった一人、ずっと可愛《かわい》がってきた妹だけが城へついてきて、女の世話をしてくれていた。

妹は勝ち気で、皇帝なんてこっそり殺してしまえばいい、なんて危ないことを言いだすほど、とんでもなく気性が激しかった。女は顔を青くして言葉を否定しながらも、そんな妹に心を救われていた。

連れていかれたときも、壊れた老人と寝所を共にした次の日も、子を孕んだ日も、産んだ日も、妹だけが女の心を支えていた。

産んだ子を憎く思うことすらあった。しかし妹が「姉さんにそっくり」と言って可愛がってくれたおかげで、息子を愛することができるようになっていた。おかげで女は、もう一つ、心の支えを得ることができた。

ある日妹が部屋に駆け込んできて、女に早く逃げるよう促した。皇子がクーデターを起こしたことは、女の耳にもすでに入ってきていた。

しかし女は逃げなかった。子供を妹に押し付けて、一緒に逃げるようにお願いする。

妹は馬鹿を言うなと断ったが、女は頑《がん》として譲らない。

「私がここで殺されれば、もしかしたらその子は見逃してもらえるかもしれないでしょ？」

女は変なところでいつも頑固だった。妹はどうしても譲らない女をさんざん罵《ののし》って、怒って泣いて、それから彼女の願いを聞き入れた。

妹は金目のものと、大人しく賢そうな男の子を籠《かご》に隠して、ただ買い物に出かけるかのように、なんでもない風を装って城を抜け出した。帽子を目深にかぶり、腫れぼったい目元を隠して、生まれた街からこっそりと出て行った。

もう二度と帰れない。もし帰れるのだとしても、大好きな姉を犠牲にした国になんて、二度と帰る気はなかった。

少しずつ追手が近づいていることはわかっていた。神聖国レジオンに保護して貰うつもりだったが、経路がふさがれ随分と回り道をしてしまった。鏡をのぞくとそこには、頬がこけ、目の下に隈《くま》を作った女の顔が映る。追手におびえて眠れないせいで、めっきり老け込んでしまった。

今日もまた、いつものように眠れない夜を過ごしていると、遠くからくぐもったような断末魔の悲鳴が聞こえてきた。

追いつかれてしまった、巻き込んでしまって申し訳ない、そう思いながら慌てて準備をして窓から顔をのぞかせる。

追手はもう見える所まで近づいてきていた。もう逃げきれない。

赤ん坊を衣服に包み、クローゼットの中に隠す。賢い子だ。夜泣きをしたこともないし、なぜか自分の言っていることを理解している節もある。一緒に逃げるよりは、ここに置いて行った方が、まだ生き残れる可能性があるはずだ。

「泣いちゃだめよ？　誰かが来るまでここで静かに待つの。きっと見つからないわ。あなたがこんなに聞き分けが良くて賢い子だなんて、誰も知らないもの」

じーっとこちらを見つめる赤ん坊は、やはり彼女の話す言葉をわかっているかのようだった。

窓から飛び出して森へ向かって走る。小脇に赤ん坊を入れる籠を抱え、全力で走る。

生涯最後の全力疾走になるだろうとわかっていた。肺が潰れてもいい、足がもげても構わない。もうこれきり使わないのだから。

追手がどんどん近づいてくる。

もう少し、もう少し。

服が破れるのも肌が傷つくのも気にせずに藪《やぶ》を走り、谷が見えたところで足を木の根に引っかけて、盛大に転んだ。慌てて空の籠を谷へ放り投げる。これで子供は死んだと思われるはずだ。あとは自分が追いかけて落ちるだけ。

谷へ落ちた籠へ四《よ》つん這《ば》いのまま追いすがり、そして飛び降りようとしたところで足を摑《つか》まれ止められた。

本当はこのまま死ねたらよかったのに。楽に死ぬことはできなくなりそうだった。

彼女はヒステリックに叫ぶ。理不尽な世界へ向けた悲鳴でもあった。

「ああ、はなして、はなしてよ‼　あの子が、あの子が谷に‼」

彼女の様子を見ても追手の表情は変わらない。それでも彼女は一世一代の演技を続ける必要があった。

あの子が幸せになれますように。

断続的に与えられる激しい痛み。合間に赤ん坊の行方を尋ねられる。

谷に落ちてしまったと言っても、人殺しと相手を罵っても、痛みに泣き叫んでもそれは終わることがなかった。

あの子が幸せになれますように。

彼女はそれだけを思って、赤ん坊の本当の居場所は口にしなかった。

あの子が幸せになれますように、かわいそうな姉の分まで。

薄れてゆく意識の中、彼女はずっとずっと、それだけを心の中で願い続けた。

◆

「うーん、連れてこなくてよかったねえ……」

ボロボロになった裸の女性の遺体を見て、コーディは誰に言うでもなく呟いた。

村からしばらく歩いて茂みに入っていったところに、崖があった。そこの木の根元に、女性の遺体が座り込むようにして放置されている。

見つけたときには肉食の動物たちが集まっていたせいで、手足の指が生きている間に失われたものなのか、死んだ後に食べられたのかはわからなかった。あと半日も遅ければ本当に骨だけになっていたかもしれない。

身元を証明できるようなものは何一つとして持っていないようだったが、崖の下をのぞいたときに、岩肌に引っかかった衣服を見つけることができた。

「南方大陸の人っぽいよね」

「こんな遺体をよく冷静に観察できますね」

デクトが遺体から目を逸《そ》らしながらコーディに言った。

「凄惨《せいさん》な遺体であろうと、これは彼女が生きた証《あかし》さ。残された子供のために、私たちは少しでも彼女から何かを読み取るべきではないのかい？」

「それはそうですが、直視に耐えかねます。ここはコーディさんにお任せいたします」

「私だって平気なわけじゃないんだけれど、ずるいなぁ」

吐いた言葉に嘘はなかった。コーディは目を閉じて祈る。この尊敬すべき女性が、安らかに、ゆっくりと休めるように、ただ祈った。

書き下ろし番外編　モンタナの小さな旅

モンタナの住んでいた街は【ドットハルト公国】北東の国境の山々に面している。

冒険者になるのであれば【独立商業都市国家プレイヌ】でと思っていたモンタナは、門弟の男と別れたのち、まっすぐ山越えを試みることにした。

国境の山には、街で暮らしていけなくなったはぐれ者たちが徒党を組んで暮らしている。彼らは強そうな冒険者を見れば襲ってこないが、モンタナのような小さな子供が通りかかれば容赦なく襲ってくるだろう。

モンタナは、これまでたくさんの冒険者たちから授けられた技能や知識を駆使すれば、山を越えることは無謀な選択ではないと思っていた。

左の腰に短剣、右の腰にハンマー。バッグには最低限の食料が詰め込んである。小さな動物を捕まえる方法は知っていたし、食べられる草花だって知っている。この小さな体躯《たいく》は力比べには不便だが、森の中に紛れるのであれば有利に働くはずだ。

何より自分は目がいい。

申し訳ばかりに作られた山道を、モンタナはその左右前方に目を凝らしながら進んだ。

半日も進むと、道に草花が蔓延《はびこ》りはじめる。春から夏にかけての時期は植物がよく育つから、人のよく歩く山道も地面が見えなくなることがあるのだ。夕暮れになる前にできるだけ距離を稼ぎたいと思っていたモンタナは、尻尾を揺らしながら早足で歩く。

　しかし、とある場所まで来るとぴたりと足を止めてその先の様子を観察し始めた。露出した地面、左右の茂みの不自然な荒れ方。気にしなければ気付かないような変化ではあったが、最近何かがこの先の道を踏み荒らした形跡だ。

　耳がピクリと動く。モンタナが止まったことで、待ち構えている何かが動き出そうとしているのがわかった。

　視線を左右に走らせる。茂みの中、木の陰、木の上。

　モンタナは素早くすぐ横の茂みに飛び込んだ。直後、地面に矢が突き刺さった。

　モンタナはそのまま身を低くして背の低い茂みに紛れる。隠れて待っていては囲まれてしまう可能性があるので、足を止めることはできない。

　草木は露出している肌をこすってかすり傷をつくるが、多対一を強《し》いられるよりはましだった。相手の実力がわかっていない以上、無駄に戦闘をすることは避けなければいけない。遠くで怒声が聞こえる。追いかけてきているような気配もしたが、声はあっという間に遠ざかっていく。

　僅かな声も耳に届かなくなったところで、モンタナは向きを九十度変えて森の中を進む。急がなくても良ければ、茂みを歩くのはそれ程苦ではない。途中で薬草を見つけて摘むと、それを口に含んで噛《か》みながら歩く。苦い薬草でモンタナの鼻に皺《しわ》が寄ったが、良薬口に苦しというので仕方がない。

十分に柔らかくなったところで、モンタナは口から出した薬草を擦り傷に塗り付けた。本来はすり鉢で水を加えながら柔らかくするのだが、そんな悠長なことをしている時間はないので応急処置だ。血を流していると飢えた野生の獣が寄ってくる可能性もあるから、そのにおいを消すための意味もある。

薬草は傷口に僅かにしみたが、それは効いているものだと判断してモンタナは我慢した。さっきから尻尾はずっと垂れ下がりっぱなしだが、冒険者とはこういうものだ。覚悟して出てきたのでこれくらいのことで挫《くじ》けたりはしない。

歩きながらも生のまま食べられる木の実や草花を摘んでいく。この時期の木の実はすっぱいものが多く、あまりおいしくないのだが、さっきの薬草よりはましだと、モンタナはそれを口の中に放り込んだ。

山の中を十分進んだところでモンタナは空を見上げる。日が落ちてきてしまったので、もうこれ以上進めない。思ったよりも早く山賊に出くわしてしまったけれど、概《おおむ》ね想定通りの旅路だ。

モンタナはするすると大きな木に登っていくと、太い枝に座り足を伸ばして木の幹に寄りかかった。念のためロープで体を固定して、小さなバッグから取り出した干し肉をかじる。

肉食の獣くらいだったら逆襲する自信はあるが、群れに襲われたり、魔物が出てきたりしては困る。一人旅で無理は禁物だった。

枝の上でうつらうつらとして過ごすが、完璧に熟睡するわけにはいかない。鳥の鳴き声やわずかな物音がする度に目を覚まして周囲の確認をする。月がよく出ている夜だったので、足元は十分に見えている。いっそのこと歩いて距離を稼ごうかとも思ったくらいだが、活発化した肉食獣のことを考えてその安易な思い付きを否定した。

大きく円《まる》い月を見上げながらモンタナは目的地に思いをはせた。

冒険者の作った国。自由で、才覚がものをいう国。たどり着けば自分にもきっと仲間ができるはずだ。自分のことを何も知らない相手と、一から交流をして信頼し合えるようになりたい。話をするのは得意ではなかったが〈オランズ〉についたら、それも克服できるように頑張るのだ。

そんなことを考えながらうつらうつらしているうちに夜は更け、やがてうっすらと空が明るくなっていく。

あまり眠った感覚はなくて、体調は万全ではない。それでも動くのに支障がないくらいには休むことができた。体を固定するロープを外してゆっくりと幹をつたって下りていく。

水筒から一口水を飲むと、モンタナは茂みの中を山道に戻るようにまっすぐ進んだ。

国境の山を越えるまでの間、モンタナは三度賊に襲われた。その度に茂みに逃げ込んでできた擦り傷も、山を抜けて街道を歩くうちにほとんど治った。

ようやく〈オランズ〉の街が見えてくる。壁に囲まれたモンタナの故郷よりもはるかに大きな街だ。

門までたどり着き、街に入る手続きをしていると、急にゾクリとしてモンタナは振り返り、森の方を見た。全身の毛が逆立って尻尾が大きく膨らんでいる。

森のはるか奥地の上空が僅かに明るくなったように見えて、そしてすぐにそれが消えた。

「どうしたんだい、坊や」

門番に尋ねられてからもしばらく動けずにいたが、やがてモンタナはゆるりと首を振って答える。

「なんでもないです」

モンタナは、ハルカがこの世界に来て初めて使った魔法を敏感に感じていたのだが、そんなことはこのとき知る由もなかった。

モンタナがその魔法の主を目にしたのは、翌日の新人研修のときだった。そのときに出会った新人冒険者たちと長い付き合いになっていくことを、このときのモンタナはまだ知らない。

あとがき

まず初めに御礼を申し上げるのが、あとがきの作法なのではないだろうか。

そんなことを思いつつ、手元にあるいくつかの本をめくってみると、最近の本は意外とあとがきのないものもあるようです。

御礼を言っていたり、近況を報告したり、本編と全く関係のない物語が展開されているものもありました。

どうにかして皆さんを楽しませることをできないものかと考えること数日。結局私はシンプルなあとがきを書かせていただこうと思った次第です。

そういうわけですので、まずはシンプルに皆様に御礼を申し上げたいと思います。

作品を一緒に育てて下さったウェブの読者の方々。出版の打診をくださり、丁寧に作品作りに取り組んでくださった編集様。素敵なイラストで作品を彩ってくださったイラストレーター様。一喜一憂する様をぬるく見守ってくれたパートナー。右も左もわからない私に沢山アドバイスをくださった諸先輩方。普段から一緒にゲームをしてくれる人たちや、その昔君はきっと小説家になれると言ってくれた塾の先生に、本を読む習慣をくれた親と、理解のある仕事場の上司。学生時代からお世話になったあの人この人（中略）。

それから今このあとがきを読んでくださっているあなたへ。本当にありがとうございます。

『私の心はおじさんである』は昨年一月より、私が初めてウェブ投稿をした作品です。処女作ってやつになりますね。

ウェブ上では三人称で描かれている場面の多くを、この書籍では一人称に変更しています。主人公ハルカの視点に立って物語を見直せるという面では、た、楽しんでいただけたのではないかと。

このあとがきを書いている段階では、まだなーんにも形になってないので、未だに私の書いたものが世に出るということが信じられず、不思議な心持でいます。

物語に出てくるキャラクターたちは、私にとってみんなかわいい子たちです。悪い奴にしようと思ったのに、苦しくなっていい子にしちゃったりすることもあります。殺伐とした世界なのに、平和にほのぼのと生きる主人公とその仲間たちの冒険譚。

お手に取ってくださった方々にも、ぜひ推しキャラを探して、一緒に冒険するような気分を味わっていただければ幸いでございます。

二〇二三年六月吉日　嶋野夕陽

私の心はおじさんである

PASH UP!
にて
コミカライズ企画進行中

祖父の妹登場で
陽人の甘やかされ
生活が加速!?
好評発売中
1430円
(税込み)
実家に帰ったら
甘やかされ生活が
始まりました ③
【著】月夜乃古狸
【イラスト】うなさか
PB
PASH!ブックス
マンガもラノベも
アニメ誌も!
PASH UP!
URL https://pash-up.jp/
Twitter https://twitter.com/pash_

この本を読んでのご意見・ご感想・ファンレターをお待ちしております。
〈宛先〉　〒104-8357　東京都中央区京橋 3-5-7
（株）主婦と生活社　PASH! ブックス編集部
「嶋野夕陽先生」係
※本書は「小説家になろう」（https://syosetu.com）に掲載されていたものを、改稿のうえ書籍化したものです。
※この作品はフィクションであり、実在の人物・団体・法律・事件などとは一切関係ありません。

PB
PASH! ブックス

私の心はおじさんである

2023年6月12日　1刷発行

著　者　嶋野夕陽
イラスト　NAJI 柳田
編集人　山口純平
発行人　倉次辰男
発行所　株式会社主婦と生活社
〒104-8357　東京都中央区京橋 3-5-7
03-3563-5315（編集）
03-3563-5121（販売）
03-3563-5125（生産）
ホームページ　https://www.shufu.co.jp
製版所　株式会社二葉企画
印刷所　大日本印刷株式会社
製本所　小泉製本株式会社
デザイン　鈴木佳成〔Pic/kel〕
編集　染谷響介

　Printed in JAPAN　ISBN978-4-391-15967-7